異世界チート魔術師《マジシャン》
Isekai Cheat Magician
太一は魔法を発動した。
「できた」
14
Takeru Uchida
illustration
Nardack

「……以上です」
読み終えたアルセナは
困ったような表情を浮かべていた。
シャルロットは、返事をしたため始めた。

「じゃあ始めるか」
グラミはマントを取り払うと、
腰の剣を抜く。

「ところで、元気してるかよ、カシム」

レミーアが放ったのは、
回転する風の槍。
高速で飛翔し、
虎のキメラを穿《うが》った。
ミューラの剣が、
熊のキメラの
胸部に突き刺さった。

凛が上空に向けた指を振り下ろす。
超速で落下したのは、氷柱である。
それは象のキメラの背中を突き破った。

# 異世界チート魔術師《マジシャン》 14

Isekai Cheat Magician

## Introduction

異世界から異世界へ――。

太一、凛、ミューラの3人はランクアップを
果たしてクエルタ聖教国へ入国する。
そして、クエルタ聖教国内のサラマンダーがいる
ドナゴ火山の麓、衛星都市パリストールで
再会したのは、カシムとグラミ、
そしてロドラだった。
彼らから聞いたのは、パリストールには
罠があるということだった。
だが、事前の対策はできない。
また太一は、サラマンダーとの契約もあった。
そのため、二手に分かれて対処することになった一行。
街に現れた無数の魔物と相対する
凛、ミューラ、レミーア。
そしてドナゴ火山のサラマンダーが太一に課した試練。
二つのドラマが、巧妙に繰り広げられていく――。

# 異世界チート魔術師《マジシャン》 14

内田 健

ヒーロー文庫

CONTENTS

# 異世界チート魔術師《マジシャン》

Isekai Cheat Magician

14

illustration Nardack

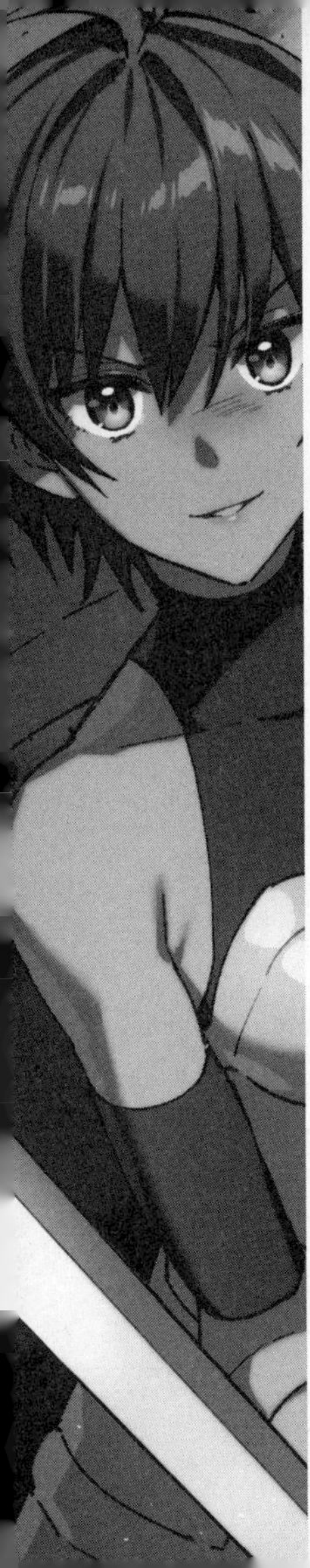

イラスト／Nardack
装丁・本文デザイン／5GAS DESIGN STUDIO
校正／有園香苗（東京出版サービスセンター）
DTP／松田修尚（主婦の友社）

この物語は、小説投稿サイト「小説家になろう」で
発表された同名作品に、書籍化にあたって
大幅に加筆修正を加えたフィクションです。
実在の人物・団体等とは関係ありません。

# 第二十七章　最後のエレメンタルと契約するために

# 第八十五話　Aランク昇格試験

「終わったぞー」
「こっちも終わったよー」
盗賊たちを縛りあげる作業を終えたのは、日本人の西村太一《にしむらたいち》と吾妻凛《あずまりん》。
人数は多かったが、全員抵抗のての字もなかった。
当然だ、全員もれなく気絶しているのだから。
相対した直後には盗賊からすごまれたり、凛がなめ回すように見られたりもした。
だがそんなのはいつものこと、とばかりに一切気にしない。
盗賊たちがお決まりのセリフを言い出す前に、一気に攻撃を仕掛けた。
彼らに出来たのは、太一と凛の動きの速さに面食らってうろたえることだけ。
太一も凛も、それぞれ身体強化については自信がある。
何もさせずに全員をたたき伏せた。
縛り上げた盗賊をそのままに、太一と凛は部屋を出て行く。
部屋と言っても洞窟なので、自然にできた広間といった形だが。

ここにいるのは下っ端どものようで、大した強さではなかった。

「一応、この辺では悪名高い盗賊団らしいんだけどな」

悪評の割には歯ごたえがなかった、というのが太一の感想である。

一応依頼の適正難度も、冒険者ランクC以上が受注するのが望ましいとなっていたのだが。

「私たちだから、じゃない？」

「それもそうか」

太一はもちろんのこと、凛も現状の肩書であるBランクでは収まらない実力を保持している。

もともとAランク相当ではあったが、精霊魔術師となってからはその枠にも収まらなくなってきた、とはレミーアの弁だ。

「やっぱりあっちか」

奥の方に鉄錆《てつさび》の臭いが漂っている。

洞窟のやや奥にある部屋。右にも左にも通路は伸びているが、右側は出口につながっている。

入り口からこの部屋までは一本道で途中に何もないのは既に分かっているので、左側に向かって歩く。

たどりついた最奥の部屋。そのど真ん中で、鋭い銀閃が空中を引き裂く。

同時に舞ったのは血しぶき。

それと、首。

「こんなものかしらね」

剣についた血を一振りで払い、肩に担いで息を吐いたのはエルフの少女剣士。

布地ばかりの防具を身にまとい、とてもではないが防御力が高いとは言えない装い。

冒険者用の服なので防御力皆無ではないが、金属製の鎧《よろい》はもちろん、革の鎧と比べても防御力が低いのは明らかだ。

防御力を犠牲にしてまで重視したのは速度。彼女は鎧はおろかブレストプレートすら身に着けるという選択をしない。

Bランク冒険者、金の剣士とも呼ばれるミューラだ。

アズパイアに本拠地を置いているが、ここ最近は諸事情によりほとんどアズパイアで過ごすことがなかった。

腕利きである彼女の周囲には、手も足も出なかった盗賊たちの死体が転がっている。

血の海と称しても間違いではない光景。

転がった首や四肢、死体からこぼれた臓腑が死体からはみ出たりしており、視覚も嗅覚も気分がいいものではない。

多少不快そうにしているものの、ミューラとしては慣れた光景である。

「そっちも終わったのね」

仕留めそこなった者がいないことを確認したミューラが振り返る。

「タイチ、リン」

「終わったか」

「これで全員かな？」

「ええ」

ミューラは軽く相好を崩した。

人の死体。

首から上がなかったり、内臓が飛び出している光景であるが、太一も凛もそれについて何か言ったりはしない。

この程度の光景は慣れたものだ。

いったいどれだけの経験をしてきたか。

とてもではないが、高校生のままの自分たちではできなかった経験である。

血と内臓で足の踏み場を探すのが難しいこの状態を、良い経験、と言っていいのかは疑問だが。

高校生としては不要な経験だが、冒険者として生きていくためには必要な経験だ。

人間同士の戦場も幾たびか経験しているので、死体そのものを見ることへの耐性はついていた。

「じゃあ、片付けて出ましょうか」

「そうだね」

凛とミューラがうなずき合う。

「頼んだ、二人とも」

何をするのか察した太一は、捕らえた盗賊を連れて先に出ていると言ってその場を去っていく。

凛とミューラもまた、盗賊の惨殺《ざんさつ》が行われた広場から出て、その入り口から内部を見渡す。

そこにはまさに血の海と言っていい光景が広がっている。

凛は右手を、ミューラは左手を伸ばした。

その手の先に火球が二つ。

すぐには放たれず、力が凝縮されていく。

『ファイアボール』

二人ほぼ同時に放った火球は、広場の中央で融合すると、一気に膨らんだ。

そして、部屋を埋め尽くす業火となった。

盗賊たちを連れて出ていた太一に届くほどの熱が、洞窟の内部から漂ってくる。

肌に感じる熱と、奥の方に見えるオレンジ色の輝きは、中で何が起きているのかを示している。

おそらく、洞窟内部は灼熱《しゃくねつ》では効かないような高温になっていることだろう。

それを見ている盗賊たちには、どうやっても起こせないような熱だ。街を焼き尽くすような大火事を起こさない限りは。

「派手にやったな」

そんな異常事態を前に、太一は平然としたままだ。

まるで、この程度は何も珍しくないと言わんばかりに。

それから少しして、洞窟から凛とミューラが歩いて出てきた。

避難してきた、という感じではない。

風の魔術で防いでいるだろうことは一目で分かるからだ。

「焼き終わったわ」

「これで大丈夫だと思う」

死体をそのままにしておくと、アンデッドや疫病《えきびょう》などの危険がある。

その処理は必須だった。

「じゃ、帰るか」

生きていた盗賊は捕縛済み、殺害した盗賊の死体も処理済みとなれば、ここにはもはや用はない。

太一たちは近場の街に戻るべく、その場を後にする。

とんでもない連中に目をつけられてしまった盗賊たちにできることは、己の不運を恨むこと、あるいは盗賊という道を選んでしまった自分の愚かさを嘆くことのみ。

太一たちはそのまま森を出ると、馬車に乗って近場の街に帰還する。

そこで盗賊を街の警備兵に引き渡すと、報酬を受け取ってその日は休む。

その翌日、アズパイアに向かって帰るのだった。

◇◆◇◆◇◆◇◆

エリスティイン魔法王国の地を踏んだのは久々だった。

帝国から帰ってきてそう間を置かずにシカトリス皇国に行くことになり、イルージアの依頼を無事こなした後、帰国する前にセルティアへと足を踏み入れることになった。

半年近くぶりのアズパイアである。

「変わってないなぁ」

「半年経ってないし、そうそう変わらないでしょ」

街並みを眺めていた太一がつぶやくと、隣を歩いている凛がそう答えた。

「半年近く経ってる、って感覚だけどな、俺は」

「そうかな？　……そうかもね」

地球から異世界アルティアに来てから、既に一年と三か月が経過しようとしていた。

転移した当時はお互い一五歳だったが、現在太一は一六歳、凛は一七歳になっている。

凛が一七歳なのは彼女の誕生日が五月一二日だからだ。

誕生日のお祝いはざっくりと行った。この世界の一般人に、誕生日を祝うという風習がなかったからである。

異世界転移したのが昨年の四月で、現在一年と三か月が経過しているので、既に誕生日が過ぎているというわけだ。

ちなみに、太一の誕生日は三月二日、いわゆる早生まれである。

本来なら、退屈で平凡、代わり映えのしない高校生生活を過ごしていたはず。

ただだらだらと、刺激が少ない、平和と少しの幸せという、いわゆる普通を謳歌《おうか》する生活。

それと今、こうして生きるか死ぬかの瀬戸際を渡り歩きながら、日本にいたらほぼできないであろう体験ができる生活。

どちらがいいか、と尋ねられても、優劣など決められない。

「私の思う普通だと、『日本の生活』になるんだけれど……」

凛が苦笑気味につぶやく。

それは太一もそうだ。

今では、日本の生活は普通だった、になりつつある。

この一年と少しの間に経験したことは、尋常じゃない濃さだった。

それこそ数十年かけてする経験を短くぎゅっと縮めたかのような。

「世界が違うからなぁ」

世界が違えば常識が違う。

これはもう、言うまでもないことだ。

国が違うだけで、地球上でも価値観が違うのだから。

そして、それはここで話していても、解決するようなことではない。

「ギルドから呼ばれるなんて、珍しいよな」

「あー、そうだね」

露骨な話題転換をした太一だったが、凛はそれにあっさりと乗った。

地球がいいのか、この世界がいいのか。

それについて話す気がなかったということだろう。

アズパイアに帰ってからここしばらくは平和な生活が続いていた。

数か月もの間エリスティン魔法王国にいなかったこともあって、今は英気を養うためという名目で休暇という状態になっているのだ。

悠長にだらだらとしている暇があるわけでもないが、今すぐに慌てても仕方ない状況である。

それに、休みなしで動けるほど人間の体は便利にできていない。

太一たちはその高い能力はあるが、それでも体力も精神力も無尽蔵というわけではないのだから。

久々に見るアズパイアを眺めながらたどり着いたギルド。

現在は日中であるため、ギルドは空いている。

ギルドの酒場では、今日は仕事を休むと決めた冒険者たちが酒を呑んでいた。

「あら！　お久しぶりですね！」

二人の姿を見たマリエが相好を崩す。

マリエの顔を本当に久々に見た。

「帝国から帰ってきたと思ったら今度はシカトリス皇国に……お忙しい日々ですね」

旅行という概念は一般人にはほぼ存在しない世界だ。

そもそも街から街を移動するのでさえ、商機を探す商人や貴族、そして冒険者くらいである。

国をいくつもまたぐような旅をするなどごく少数。

国境を挟んで隣同士の街、という立地の場合に、商人がそこを行き来するくらいか。

マリエは仕事中なのでそう長話もできないが、久々の再会に旧交を温めるくらいは許されるだろう。

そうして少しの間雑談を交わしたのち。

「昇格試験、受けてみませんか？」

やっと伝えることができたという様子のマリエに、太一も凛も目を丸くするのだった。

◇◆◇◆◇◆◇◆

エリステイン魔法王国王都ウェネーフィクス　王城内――

「なるほど、してやられたな」

そうつぶやき、頭をかく太一の前には、してやったり、という表情のシャルロット。

「皆様方であれば、十分にその資格があることは既に分かっておりましたので」

シャルロットは微笑みながらそう告げ、推薦状をテーブルに置いた。

マリエからの冒険者ランク昇格試験の打診。試験は王都のギルドで行われる。

……そんな話があったとレミーアに相談したところ、是非受けておけ、と言われたので王都にやってきたのだ。

一度断った話ではある。

エリスティン内乱を鎮める時点での実績だけでも、昇格の条件としては十分だった。

王宮からギルドに降りてきた実績の情報だけでも、太一と凛、そしてミューラがどれだけの活躍ができる実力を持っているのかは分かっていた。

唯一、戦闘力以外の要素が不安視されていたが、それも他国を旅する中で得られた様々な経験が後押しする。

加えて、エリスティン魔法王国だけではなくガルゲン帝国、シカトリス皇国の王族、皇族の覚えもめでたいともなれば十分な決め手となる。

何より重要なのは、Aランクは確実に貴族や王族とも接する機会があることだ。

冒険者は実力および実績主義。誰でもなれて、実力さえあれば誰でも上に上がっていける仕組みだ。

それはすなわち、礼儀のれの字も知らないような者でも、上に上がっていけるということ。

Aランクになるにあたってはそれが最大のネックになることが多いのだが、既に王の覚えもめでたいとなれば、最大の懸念点もクリア済み。

「ただ、Aランク昇格試験を、私たちを呼ぶ口実にするとは思いませんでした」

凛が苦笑する。

そう、シャルロットが置いた推薦状。それは今回の昇格試験にあたり、したためられたものだ。

前回断った際にもあったものだが、改めて推薦状が用意されたわけである。

その手間はかかっているものの、エリステインの王家としては特に気にしていないのだが。

「しかし、タイミングは良かったはずです。わたくしが渡りをつけている間に……」

「俺たちはランクを上げて箔をつける、か……」

シャルロットがうなずいた。

「皆様方が行かねばならないのは、レージャ教総本山があるクエルタ聖教国ですね？」

質問のようだが、実際は確認である。

そのことから、彼女も事情を知っていることを理解した。

シェイドは、シャルロットに太一と凛を召喚させた、と明言した。

事情を知っていてもまったく不思議ではない。

ともあれ、クエルタ聖教国に行く必要があるというのはその通りだ。

理由はひとつ。

クエルタ聖教国内にあるドナゴ火山。

そこに、四大精霊最後、火をつかさどる精霊サラマンダーがいると、シルフィたちに教えてもらった。

例の仮面の男に対抗するには、四大精霊全てと契約する必要があると太一は痛感している。

「ええ。タイチにはどうしても必要だわ。そうよね？」

「ああ」

そう。どうしても必要なのだ。

ただ……。そう、ただ、だ。

「行こうと思って、行ける国ではないんですよね？」

面倒だ、という表情で凛がつぶやく。

クエルタ聖教国は、大陸が違うだけではなく、外国人の入国は国境で手続きをすれば誰でも入れる、という国ではない。

ある程度社会的地位が高い者が連絡をし、許可を得なければならない。

その許可なしでいきなり訪れた場合、たとえ高位貴族であっても入国許可は下りないのだ。

太一たちは当然ながら、いずれかの国の重鎮に願う必要があった。

いずれかというのはもちろん、エリステイン、ガルゲン、シカトリスだ。

そこで、もっとも行動が速かったのは当然ながらエリステイン魔法王国だった。

ともあれ、行先の国のことを考えると、太一たちもAランク冒険者になっておくのは、箔としては有効だった。

「そうですね。わたくしからの要請に加えてAランクの肩書があれば、聖教国も門前払いはできないでしょう」

シャルロットはそう言って推薦状を三人に向けて押し出す。

「分かった。じゃあ俺たちは、Aランクの試験を受けてくるよ」

まったく気負いのない太一の態度。

それは凛もミューラも同様だ。

太一だけではなく、凛、そしてミューラも一切緊張を見せてはいない。

召喚術師である太一だけではなく、二人の少女も精霊魔術師になったからだろう。

普通ならAランクというのは冒険者が目指す頂きなのだが。

(驚きなのは、お三方が平然としていることを、全く疑問に思わないこと、ですね)

そんな自分の変化にこそ驚くシャルロット。

それだけ太一たちの非常識さに慣れてきた、ということだろう。

「では、それでお願いいたします。ご存じの通り……」

「ええ。王都のギルドで受けるのだったわね」

「その通りです。Aランクともなると、その国の本部に行く必要がありますから」

さすがに冒険者最高ランクである。

支部では受けられないという決まりがあった。

「じゃあ、さっそく行ってくるよ」

「かしこまりました。レミーア殿は……」

「図書館で本を読んでいるので、それだけ認識しておいてくれればいいそうです」

既にAランクであるレミーアには試験は必要ない。予想通りの行動である。

「ではそのように。皆さんが試験を受けている間に、わたくしの方でクエルタに渡りをつけておきます」

「分かったわ。じゃあ試験はゆっくりやっていくわね」

「ええ、そうしていただけると助かります」

別大陸とのやり取りだ。直線距離ではそこまで離れていないとはいっても、海を渡っての連絡に時間がかかるという話だった。

シャルロットの意を汲みつつ試験に取り組むことを決め、太一、凛、ミューラは立ち上がって部屋を出ていく。

一人残されたシャルロット。

ふう、と息を一つ。鈴を鳴らした。

「失礼いたします。お呼びでしょうか、殿下」

すぐに侍女が入室してきた。

「親書をしたためるわ。準備を」

「承知いたしました。お待ちくださいませ」

「ええ」

侍女は部屋を出て行った。

ここはシャルロット用に割り当てられた応接間。

他には私室と執務室。

王族だけあって、城内にいくつも部屋を持っているのは当たり前のことだった。

「さて……」

シャルロットは立ち上がり、部屋の中に待機していた侍女、部屋を守っていた護衛の騎士を引き連れて執務室に向かった。

◇◆◇◆◇◆◇◆

王都ウェネーフィクスの冒険者ギルド。

ここを訪れるのは初めてだ。

「うん、でかいな」

歩いて近づいている段階だが、それでもその威容は見ただけで分かる。

アズパイアと比較すると、その倍はあるだろうか。

三階建てになっているところからして違う。

「さすが王都のギルド、ってところかしら」

「ん？　ミューラも来たことないの？」

「ええ。そもそも王都に用事もなかったからね」

「それもそっか」

そう雑談している間に、太一たちはギルドの前にたどり着いた。

そのまま扉を開けて中に入る。

すでに陽は中天にあるが、賑わい方はすごいものだった。

アズパイアのギルドとは明らかに違う。

強者……いわゆるCランク以上と思われるたたずまいの冒険者たちを見かけるのも難しくはなかった。

そしてそれ以上に、駆け出しの冒険者の多いこと多いこと。

これは王都だからだ。

国王のおひざ元だけあって、王都近辺や街道は軍によって定期的な魔物の間引きが行われている。

冒険者たちは軍の手が届かないところを補完する形になるのだ。

このあたりの生活費は辺境に比べて高いが、安全度も高い。

つまり死ぬ確率が低いところで実績を積み上げていけるわけだ。

金銭的に苦しい期間は長く続くが、堅実な選択であると言える。

それ以外には明らかに戦いを生業にしていない者も多数いる。依頼者であろう。

ともあれ、そういった人々によって大いに賑わい、ごった返していた。

太一たちはその中の空いているカウンターに進んだ。

「冒険者の方ですか？　どのような御用でしょうか」

依頼書を持ってくるわけでもない。しかし、剣や杖を持っていることで冒険者だと判断したのだろう、王都の受付嬢は営業スマイルで三人を出迎えた。

アズパイアでは有名な太一たち三人。

しかしここではあまりに人が多く、太一たちはあまり注目を浴びることはなかった。

視線を向けられてもすぐに逸らされる感じだ。

「これを……」

凛が懐から封書を出してカウンターに置く。

それを手に取った受付嬢は、封蝋《ふうろう》を見て顔を一瞬引きつらせ……。

「しょ、少々お待ちください……」

慌てず騒がず、しかし早足で奥に引っ込んでいったのだった。

◇◆◇◆◇◆◇◆

エリステイン魔法王国内の冒険者ギルドを統括するのが、王都にあるギルドである。

そこの頂点、頭に位置するのが、今太一たちの前に座っているジャン・ブラック・ゲレーノ。

既に老齢だが衰えを感じさせない巌《いわお》の肉体。

獅子《しし》のような豊かな白髪と白髭の老人だ。

「おう、お前たちの事情は聞いてるぜ」

シャルロットから預かった推薦状をちらりと見たジャンは、中身も見ずにニカッと笑った。

裏表などなさそうな、親しげな笑み。

これが初対面である太一たちはきょとんとするばかりである。

「お前たちは俺たちの恩人だ。王都を守ってくれたからな。礼を言うぜ」

国王ジルマールと、ドルトエスハイム公爵がぶつかりあった内乱。

王都のそばで行われたその戦。一歩間違っていれば、戦場が王都内にも波及していた可能性は十分にあったのだ。

戦は生き物。それをしつける側である指揮官側にも制御できないような事態に遷移することは往々にして起こりうる。

もちろん冒険者たちも戦に参加する者はいたし、王都が戦場になれば、戦えぬ者を護るために派閥を無視して奮闘しただろう。

結果的に、王都は戦場にはならなかった。

ジルマールは言うに及ばず、ドルトエスハイムもまた、国を愛し、国を想って反旗を翻した。

それゆえに、王都は無事だったのだ。

ただ、危機にあったのは間違いのない事実。

何が起きるか分からないのだから。

その最悪の事態が起こる前に、内乱を鎮めたことを言っているのだ。

「それは結果論……と言うのは野暮ね」

「その感謝は受け取っておくよ」

「おう、そうしろ」

と、ここまでにこやかに話していたジャンだが、ふと声を潜め、顔を三人に寄せた。

まるで内緒話でもするかのようなその態度に、太一たちもつい前のめりになってしまう。

「それによ……お前ら、あの『落葉の魔術師』の弟子だってな。あんなおっとろしい魔女の弟子なんて尊敬するぜ」

ぶるりと身体を震わせるジャン。

よく見れば、少々顔も青ざめている。

何かレミーアとの過去を思い返しているのだろうか。

詳しい話は知らないが、国王を遠慮なく、容赦なくしごいた経歴を持つレミーアだ。

何があってもおかしくはなかった。

この表情を見ると、実際に何が起きたのか聞くのもはばかられる。

ジャンはぶんぶんと頭を左右に振った。

ふいに、ジャンの脳裏にレミーアの顔がよぎったようだ。

「……さて、まだるっこしい前置きはこのくらいにして、本題に入っちまおうぜ」

体勢を元に戻し、そう告げる。

その声は真剣そのもの。

ギルドマスターに戻ったということだろう。

そのたたずまいはさすがに王都のギルドマスターである。

フレンドリーなのはここまでということ。

「じゃあ改めてだな。お前たちにはAランク冒険者になるための試験を受けてもらう」

既にAランク昇進について打診されているので、試験を受けてもらうための前提条件は全てクリアしている。

なので今更何かをする必要はない。

「試験の場所は、ウェネーフィクスから北東に進んだ先にある山のふもとにある森だ」

ギルドマスターの部屋には、ウェネーフィクスを中心とした地図がかけられている。

エリステイン魔法王国全体図ではないが、試験をする森は描かれていた。

ウェネーフィクスの周辺が分かれば十分なのだ。

「ここは……」

ミューラが顎《あご》に手を当ててつぶやく。

この森については、レミーアから聞いていた。エリステイン魔法王国の中でも出没する魔物の平均ランクが高く危険な場所であると。

王都から見ると辺境に位置するのでその危険度もさもありなん。

「内容は？」

そんな危険な場所で行う試験であるとミューラから説明を受けた太一は、まったく気にした様子もなくジャンに続きを促した。

「やってもらうのは、ランクB以上のモンスターを三頭の討伐と、白夜草の花を採取してくることだ」

「三頭……一人一頭の想定ですか？」

試験内容を聞いて驚くでもなく即座に質問をされたジャンだが、彼らの実力は良く分かっているのでそれを当然と受け止める。

「ああ。だが、ギルドとしては現地で監督するつもりはない。三人で協力して三頭討伐してもいいし、一人一頭でもいいぞ」

「結構緩いな」

「まあな。だが、この試験内容は他のAランク挑戦者の試験にゃできん難易度だからな。本来Aランク試験はもっと時間をかけてやるもんだ。この難易度の依頼をこなしてもらうことで、方々への説得力を高めるって寸法よ」

ランクBどころかランクAのモンスターが普通に跋扈《ばっこ》する森の深奥にて、夜明け前にだけ咲く白夜草の花の採取をするために夜を明かさなければならないのだから、訴求力も高くなるのは疑いようがない。

「ちなみに、B以上ってことはランクAのモンスターでもいいんだな？」

「かまわんぞ」

「それなら選ばなくていいから楽ね」

「Aランクでもいいってか、さすがだな」

ジャンは苦笑を浮かべると、バンと膝《ひざ》を叩いた。

「端《はな》から心配はしちゃいねぇ。ささっと行ってさっくりと昇格しちまえ。……必要なんだろ？」

「そうね。Bランクでも困ってはいなかったのだけれど……」

「必要に駆られて、ってやつですね」

「ランクが足りてるやつにとっちゃ、ランクアップがタイミング次第ってのは珍しくないからな」

以前、不要であるのと、実力が満たないという理由で辞退した昇格試験を今になって受けるようになったことを、ジャンは良くある話、と一言で片づけた。

「じゃあ行ってこい」

「ああ。行ってくるよ」

話を終え、太一たちはギルドを辞してからさっそく試験のための準備を行う。

ある程度の物資は自前で持っているが、それ以外は都度購入する必要がある。

食料に魔法薬、森を歩くのに必要な小道具などの手持ちを確認して整え、方々への連絡も済ませる。

これらの冒険者としての準備は、折に触れて行っていた。

準備を手分けして再び合流した時には、夕方を回っていた。

「なんだ、今から出るのか？」

正門を守る警備兵からはそう尋ねられた。

当たり前である。

夜になったら正門は閉め切られ、緊急時や特別な命令がない限り王都の出入りは不可能になるのだから。

「心配いらないわ」

ミューラが提示した冒険者の証を見た警備兵は、納得の表情でうなずいた。

「なるほどな。心配は野暮だったな」

エリステイン魔法王国で有数の安全が保たれている王都ウェネーフィクス周辺だ。

Bランク冒険者がこの近辺でどうにかなるはずがないのだから。

「よし、手続き完了だ」

「すまないな。しばらくしたら戻ってくるよ」

「ああ、気をつけろよ」

警備兵の言葉を背に王都を出てすぐに街道を外れて歩く。

しばらく進んで土がむき出しになっているところで立ち止まり、太一は魔法を発動した。

「できた」

土で作ったのは駕籠《かご》だ。

これに凛とミューラを乗せて進むのだ。

このくらいの荷重は全く問題ない。

空を飛んで進む方法を思いついたのだが、なかなか試す機会がなかった。

緊急時だったり、あまり時間がない時以外は使わないようにしているのだ。

必要な時はためらうつもりはないが、この方法ばかりを使っていると、クロが曳《ひ》く馬車を使わなくなってしまう。

また、街に寄ることでの経済効果も気にした方がいいとはレミーアの弁。

高ランク冒険者の経済活動は積みあがると馬鹿にならないからだ。

なお、今回は馬車を使わないことにした。

レミーアに移動手段を残すためだ。何かしらの動きが必要な時に、健脚のクロはうってつけだろう。

「いいよ、太一」

「お願いするわね」

「おう」

凛とミューラが乗り込んだのを確認し、太一は駕籠を風で浮かせて飛び上がる。

今宵は雲が多い。

黄昏時の夕焼けが照らされた雲の下。

夜空へと切り替わる時間の空を、太一は駕籠《かご》と共にゆっくり飛んで行く。

一路北東にある山の麓《ふもと》の森。

冒険者としては実質最高峰となるAランクの称号。

しかし太一はもちろん、もはや凛やミューラにとっても通過点でしかない。

さっくりと試験に合格しなければならない。

次のステージに向かうために。

◇◆◇◆◇◆◇◆

太一たちは、数日は帰ってこない。

また聞きとはいえ、彼らの力は正確に知っている。

そして、今回太一、凛、ミューラがAランクになるために必要な試験の内容についても知っている。

その二つを考慮に入れて考えれば、試験自体は翌日には終わっていてもまったく不思議ではない。

それでもなお、太一たちはある程度の時間をかけて帰ってくる。昇格試験の間にシャルロットがクエルタ聖教国との渡りをつけていると理解しているからだ。

これで失敗してしまうと少し洒落《しゃれ》にならないので、シャルロットは精力的に動いていた。

「……以上です」

書簡を読み上げていたのはアルセナ。

読み終えたアルセナは困ったような表情を浮かべていた。

聞いていたシャルロットも同様だ。

「ふう……」

書簡の内容を理解したシャルロットは、執務机からソファに移動し、背もたれに身体を預けてから疲れをにじませてため息をこぼした。

書簡自体は半日で往復できるので、既に一度送って返ってきたものを読んでいたのだ。

太一たちは「距離があるから時間がかかるのだろう」と思っていたが、時間がかかる理由は距離が問題なのではなかった。

「相変わらず、面倒なものでございますね」

シャルロットの背後に控えていたテスランが同情的な視線を投げかけた。

レージャ教という組織の中でも、知っているのはシェイドが統括している陰の一部のみだ。

他には各国の王や皇帝クラスしか知りえないだろう。

まだまだしかるべきところ以外には伏せられている情報だが、知ってさえいれば、太一たちを拒むことなどないのは間違いない。

それなのにこのような返答とは、教皇も知らないのだろうと推測できた。

シャルロットとアルセナの連名で送られた親書なので確実に教皇の手にも渡る。

その教皇が太一たちのことを知っていれば、渋らず前向きな返事が来ていたはずなのだから。

（つまり、教皇猊下《げいか》は知らされておらず、またそういった情報も得られていないのですね……）

シカトリス皇国、ガルゲン帝国の上層部が知ることを邪魔されなかったように、シェイドが必要だと思ったならば何らかの情報で知らされていたのは間違いない。

ただ、現状そうはなっていなかった。

今の教皇に知らされていない理由も、シャルロットは残念ながら理解している。

あのお方なら仕方ないな……とシャルロットでも思ってしまうのだ。

それが状況をややこしくしているのだが、あきらめるという選択肢は初めから存在しない。

クエルタ聖教国と渡りをつけない、という選択肢も用意はしてある。

ただこれは最後の手段。

（これをしてしまうと、クエルタ聖教国……ひいてはレージャ教そのものが敵に回ってしまう……）

太一たちならば大丈夫だろう。

ただ、これから未曽有《みぞう》の戦いがあることが分かっているのに、世界最大宗教が敵に回っているというのはまったくもって面白くない。

三大国で一致団結せねば、という認識さえ強まっているこの状況で、内憂外患をエリステイン魔法王国の王女たるシャルロットが作るわけにはいかなかった。

そのように思考を別の方向に向けながらも、ペンを走らせる手は全く止まることはない。

シャルロットにとってこの程度のことは朝飯前である。

エリステイン魔法王国の王女にして朝露の姫と呼ばれることもあるシャルロットなので、親書を書くことは数えきれないほどにあるため慣れてしまった。

つらつらと綴り続けてしばらく。

おもむろにペンを手放したシャルロットは、書き終わった親書を読み返す。

意図とは違う受け取り方ができそうな表現はないか。

誤解を招かず正確に意図が伝わるか。

必要な情報のみが記述してあり、不要な情報は記述されていないか。

それの確認は欠かせない。

うがった受け取り方をしようとする者はあまたいるのだ。

隙を見せないようにせねばならない。

王族として親書などをしたためるための基本スキルは身についているので心配はいらない。

それ以外の確認が必要なのである。

二度読み返して問題ないことを確認すると、鍵付きの引き出しから封筒を取り出し、丁寧に折りたたんでそこにいれ、蝋《ろう》で封をした。

封蝋に使うのは、エリスティン魔法王国王女、シャルロットの印である。

「テスラン、これを」

「はっ、確かに」

テスランはうやうやしくそれを受け取り、執務室を出て行った。

王家の親書を扱う部署に預けに行った。

シャルロットは封蝋《ふうろう》のために使った印を保管用の箱に入れて施錠し、引き出しに厳重にしまい込んだ。

これには魔術的な効果があり、封蝋に触れれば何度開封されたかが分かる、というものである。

つまり初めてそこに届いた時に開けられた形跡があれば、それは親書としての効果を失い、送り側のみならず受け取り側の名誉をも毀損《きそん》しようというものに他ならない。

王族からの親書ともなればそういうことも気にしなければならないのだ。

当然だ。国のトップに位置する者からの親書にあらぬことをされては冗談では済まないのだから。

「殿下、少し息抜きをされてはいかがですか？」

「そうしましょうか」

少々疲れているのを見て取ったアルセナがシャルロットにそう尋ねると、彼女はそれを了承した。

その返事を聞いた直後、ずっと存在感を消して控えていたティルメアが準備を始めた。

お茶と軽食が用意されると、シャルロットは執務机からソファに身体を移動させた。

お茶が淹《い》れられたカップから芳醇な香りがただよう。

それを楽しみつつ、一口。

シャルロットがほう、とため息をついた。

「おいしいわ」

「いいハーブティーですね」

「恐れ入ります」

主君をリラックスさせるための選択は見事だった。

これならば、疲れたシャルロットの気持ちも幾分か切り替わるだろう。

アルセナにとっては、この件に関する仕事はこれで終わりだ。

だがシャルロットの仕事はまだまだ続く。

もちろんアルセナも、この後も仕事が詰まっている。

お互い毎日多忙な身だ。

だからこそ、今回のクエルタ聖教国への訪問は成功させねばならない。

太一が火の精霊と契約する。クエルタ聖教国に向かう意味は、ただそれだけではない。

どうせなら他にも意味を持たせようとするのは、指導者や為政者であるなら当然の選択だった。

◇◆◇◆◇◆◇◆

空気が炸裂し、空中を伝ってたどり着いた衝撃が太一と凛まで届いた。

太一たちから少し離れたところでは、ミューラが大型のゴリラと殴り合いをしていた。

ミューラの相手。

単体Bランクモンスターのグランドゴリラ。群れを作って暮らすので、群れという単位ではAランクモンスターともいわれている。

ミューラが戦っているのはその群れのボスであるシルバーバックだ。

シルバーバックは、群れのボスであり、単体Aランクと言われる。

ミューラと戦っている様子を見る限り、そのランク付けは正しいものだと思える。

単体Aランクであるシルバーバックが群れを統率することで、群れのランクはAランク上位のモンスターにも匹敵する、ということだ。

「ゴアア！」

「はっ！」

シルバーバックの剛腕の振り下ろしを、ミューラは軽い動作で正面から受け止めた。

シルバーバックの振り下ろすこぶしは、ミューラと凛はもちろん、レミーアであっても直撃は許されない破壊力を誇る。

特に銀色の鮮やかな体毛を誇るシルバーバックの最大の武器は、筋肉質な身体を最大限に生かしたパワーである。

それ以外にも魔力による土属性の特殊能力も持っており、Aランクモンスターのそれであるため相当に強力なものだが、グランドゴリラのパワーの前には霞んでしまうほどだ。

そんな強靭《きょうじん》な肉体で正面からぶつかってくるのがグランドゴリラなので、回避や魔術で攻撃を逸らすなどの対応が必要だった。

身体強化魔術もあるものの、それでは受け止められない。

だがそれはこれまでの彼女たちだったらの話だ。

今のミューラは、グランドゴリラのパワーを受け止められるだけの強化魔術を使えるようになっている。

もちろん、精霊魔術師となったためだ。

奇しくもグランドゴリラと同じく土属性。ただミューラは精霊魔術を飛び道具としては使わずに、力比べを行っていた。

「十分戦えてるね」

「ああ。だいぶ慣れてきた、ってことか？」

最初のころは精霊魔術を使用していると数分ともたなかった。

それこそ、ここぞという時に使う奥の手という位置づけの手札だったが、今は連続して使い続けて既に数分が経過している。

「まだまだ完璧じゃないけど……」

と言いながらも、凛の顔に浮かぶのは自信。

遊んでいたわけではない。

あれからも暇さえあればずっと続けていた。

魔力操作の鍛錬を。

むしろこの程度の成果は出てくれないと、そろそろ心が折れているころだ。

とはいえ、横の凛はもちろん、ゴリラと肉弾戦を戦っているミューラの顔に浮かぶ確信を見れば研鑽《けんさん》を積んだという自負がにじみ出ていた。

「はっ！」

シルバーバックの体当たりをいなして、すれ違いざまに回し蹴りを背中に叩き込んだ。

後ろからの衝撃に踏ん張ることができずに吹き飛ぶシルバーバック。

銀色の体毛は非常に長くクッション性に富んでおり、斬撃はもちろん衝撃にも強い。

「グウ……」

苛立《いらだ》たしそうな声をあげるゴリラに、ミューラは構えたままかすかに笑みを浮かべる。

人間の言葉を介さないゴリラではあるが、ミューラの表情には感じるものがあったのだろう。

こんなに小さな生き物に一撃を受けて吹き飛ばされた、という現実は、シルバーバックにとってはそれなりに衝撃だった模様だ。

その下には分厚い皮膚と筋肉、そして脂肪が詰まっているので、並大抵の攻撃ではダメージも通せないのだが、ミューラの一撃は効いている。シルバーバックはミューラよりもはるかに大きい。それを蹴り飛ばしたのだから、どれだけの威力が込められていたのかが分かるというもの。

「これで終わりよ」

ミューラは腰を落として構えた。

彼女の中で試したいことが済んだのだろう。

これ以上無闇に長引かせるつもりはないようだ。

彼女の身体に充実した魔力が凝縮されていく。

その圧力を隠すつもりはないようで、じわりじわりと周囲に洩れていく。

シルバーバックも強敵であることを改めて理解したのだろう。

小さい生き物、という侮りは消えている。

だが。

ミューラがシルバーバックの懐に潜り込んでこぶしを突き出し、重低音が響き渡るのはほぼ同時だった。

攻撃を放ったミューラは素早く後ろに飛びのいた。

身体のど真ん中を撃ち抜かれたシルバーバックがぐらりと揺れ、地面に沈んだ。

魔石がある心臓は撃ち抜いていないので、それは持ち帰ることができる。

ミューラは短剣で胸を切り裂き、魔石を取り出した。

両手が真っ赤に染まり、周辺には鉄錆《てつさび》の臭いが充満している。

常人なら気分が悪くなってしまうところだが、この程度は冒険者として当然のことなので、ここにいる三人は当たり前として受け止めている。

これでランクアップ用の魔石は一つめ。

移動に三日ほどかけ、森の外縁部で一泊し、翌朝に森に突入した。

一日かけて森の中を探索し、夜に白夜草の花を採取して一泊、翌日に森を脱出する行動計画を立てている。

計画、というほど緻密なものではない。

白夜草を探しながら森を歩き回り、Aランク以上の魔物との遭遇を狙う。

滅多にAランクの魔物に出会うことはなく、ほとんどがCランクからBランク。

レベルが高いと思えないのは太一たちだからであり、Cランクの魔物でも面倒な敵は数多くいるし、Bランクでも Aランクに近い敵も十分に存在する。

「よし、これで一頭目か」

「そうね」

魔石に続いて討伐証明部位である尻尾を切り取ったミューラがこちらに戻ってくる。

朝から森に入ってそろそろ三時間ほど。これで魔物とのエンカウントは都合五回目。

シルバーバックが最高ランクだった。

後はCランクの魔物が三度、Bランクの魔物が一度だけ。

Cランクの魔物など、今更太一たちの敵ではない。

ただ、これが太一たちでなければ、たった三人での探索などまさに自殺行為と言えるだろう。

Cランクの魔物、と一口に言うが、実際はそのほとんどの種類が群れをなしている。

Bランク、Aランクの魔物が跋扈《ばっこ》するこの森において、Cランク級の魔物が徒党を組むのは彼らが生き残るために選び取ったものだ。

これまでに突入した森の中でも群を抜いて密度が高く、密度に比例するように殺意も高いのもあった。

シルバーバックの死体を凛の魔術で焼却し、三人は再び森の深部に向かって歩き出す。

方角については大雑把には確認しているものの、地図を見て厳密にするつもりはない。

というよりも、あまりに視界が悪いので地図を見ても、自分たちがどの辺にいるのか皆目見当もつかない。

ならば、大雑把に奥の方、と方角だけ決めて、都度確認を行うことにした。

道なき道をかき分けながら歩いていくと、しばらく行った先に無数の魔物の気配を感じた。

先を歩いていた凛が振り返る。

当然、太一もミューラもその魔物の群れの存在に気付いており、振り返った凛に対してうなずいた。

そこから足音と気配、物音まで消して近づいていく。

そこには、コボルトのような魔物が数十匹、洞窟の前に群れていた。

ただのコボルトならば低ランク冒険者でも十分に狩ることができる弱いモンスターだ。

「そんなのがここにいるということは……」

「そうね、普通のコボルトではない、ということだと思うわ」

「火を噴いたり魔術を使ったりとかかな」

「それはないと思うけれど、肉体的な強さが劇的に向上している、というのは間違いなさそうね」

「確かにな。ただ魔術が使えるだけじゃ、コボルトごときがこの森で生き残ることなんてできないな」

「そういうことだね」

さて、ではどうするか。

といっても答えはひとつ。

「じゃあ、片付けていきましょうか」

ミューラは剣を抜いて腕をまくった。

そう、このコボルトの群れは太一たちの進行方向にあったのだ。

この群れを放っておいて、何らかの理由で後ろから迫ってきた場合のことを考える。

それが強敵と戦っている最中に起きた場合。

この程度の敵に負けないし、怪我《けが》を負ったりすることもないだろうが、面倒なのは変わらない。

少なくとも背後を突かれる、というのは必ず避けるべきことである。

自分たちが高ランクであるから、というのはまったく関係がない。

安全第一が最優先の冒険者として、後顧《こうこ》の憂《うれ》いを断つというのは非常に大切なことなのだから。

「行こうぜ」

「うん」

太一もまた剣を抜き、凛は杖を構えなおした。

太一たちにとっては都合がいいことに、コボルトが根城にしている洞窟の前はひらけており、戦いやすくなっているのだ。

どうやらコボルトが切り拓いたようで、雑な切り口の切り株がいくつもあり、非常に粗雑なつくりだが柵などもある。

どう逃がさないようにするか。

考えた末、太一はここの地面を盛り上げて囲ってしまうことにした。

「壁を作るか」

ゴゴゴ、と地面がわずかに揺れる。

その揺れに気付いたコボルトたちは慌てふためくが、地面がせりあがってコボルトの根城ごと覆ってしまう。

すべてのコボルトを逃さないようにするのはお手の物だ。

いくら森がうっそうと茂っていようと、シルフィの探知から逃れうることは不可能だ。

周囲を囲う高さ五メートルの壁を目の前に慌てているコボルトたちをしり目に、太一たちはその中に飛び込んでいくのだった。

◇◆◇◆◇◆◇◆

水を生み出し、刀についた血のりを落とす。

「ミューラも使うか?」

「そうね」

ミューラもまた、数えきれないコボルトを切り捨てて血にまみれた剣を水で洗う。

太一の刀もミューラの剣も、この程度で刃こぼれしたり切れ味が鈍るようなやわな剣ではないのだが、それはそれとして手入れは大事だ。

水で洗い流しておくだけでもだいぶ違う。

それぞれ水を振って飛ばし、鞘《さや》に収めた。

普通ならばたとえAランクのパーティでもこうはいかない。

コボルトは単体でCランクといったところか。おそらく変異種か上位種か。

動きの機敏さとパワーは通常のコボルトとは桁違《けたちが》いの能力を誇っており、さらに風の能力も所持している。

変異種にふさわしい総合力を持っているのは間違いない。

それ以外の差としては、体毛が緑色という、かなり違和感を覚える見た目をしていた。

おそらくはこの森の中で生きるため、いわゆる迷彩柄のような意味があるのだろう。

森の中に紛れ群れで囲い敵を襲う、というのが彼らの基本行動なのは変わらないと思われる。

このことから、単体でCランク、群れではBランクに匹敵する。

まあ、太一たちから見れば誤差の範囲ではある。

もともとの戦闘力に差があった上に敵の本拠地を壁で囲って退路をふさぎ、そのうえで不意打ちまでしたのだ。

コボルト側がほぼ抵抗できないのも当然だった。

「うん、これで燃えたね」

ともあれ、コボルトの変異種の駆除は成功した。

炎が収まっていく。

高熱で燃え上がった炎が消えると、そこには灰が残るのみ。

熱の余韻《よいん》が揺らいでいる。

それすらも、不意に流れた風が、灰とともにすべてさらっていった。

「処理も終わりでいいわね。じゃあ、行きましょうか」

ミューラが言う。

太一も凛もそれに異論はない。

既にここに用はないのだから。

太一が心の中でミィに念じると、コボルトを逃さないようにそびえていた壁がすべて地面に潜り込み、まるでそこには何もなかったかのように元通りになっていた。

「すげぇ、痕跡全く残ってねぇや」

壁があったところの地面を見ても、そこで不自然に途切れていたりしていない。

それは太一が見ている一か所だけではなく、壁があったところすべてがそうなっている。

一体どんな器用なことをすればこうなるのか。

正直、細かいところは精霊たちにまかせっきりの太一には全く想像もつかなかった。

『このくらいはしてみせないと』

とおどけてみせるミィだが、その声色は嬉しそうだった。

「……すごいわね。さすが大精霊、神業としか思えないわ」

土属性の上位精霊、ミドガルズと契約したミューラではあるが、今の自分にはとてもできたものではないと分かる。

それが決して悪いわけではは、ないのだが。

『ミドガルズの力を借りられるのなら、修行さえ欠かさなければ将来同じようなことはできるようになるからね』

「そうなのか」

『うん。ミドガルズなら、このくらいのポテンシャルは持ってるよ。後は……』

「ミューラ次第、ってことか」

『そゆこと』

そういうことなら、とミューラに声をかける。

「何？」

振り返ったエルフの少女に、ミィに言われたことをそのまま伝えた。

長き道のりなのは間違いない。

今この瞬間から見れば、はるかな高みである。

けれども、その可能性がゼロではないこと。

それは、ミューラを鼓舞するのに十分な効果を発揮した。

「そう。なら、もっと精進しないとだわ」

今だって十分がんばっている。

ミューラはもちろん、凛もだ。

それを知っている太一としては、がんばらなくていい、とは言えない。

ただ、オーバーワークには気を付けてほしい、と思うのもまぎれもない本音。

今彼女たちはかなり駆り立てられている。

必要がなければ、精霊と契約して更なる強大な力を得ることにならなかった。

必要があったからこうなっている。

その主な原因が自分である以上、太一からも言いづらかったりすることだった。

会話もそこそこに、三人は再び歩き出す。

深い森の中を歩きながら奥へ向かって進んでいく。

途中で出会った鹿の魔物は、そのスピードとパワーからBランク下位……よくて中位と判断したため文字通り太一が鎧袖一触《がいしゅういっしょく》で斬り伏せた。

この魔物が複数で群れをなしていたなら話は別だが、たった一体では凛とミューラの訓練相手としては不足してしまう。

ただ食料としては優秀なので、その場で手早く解体してある程度の肉を確保した。

昼食に使う予定である。

保存食の類は持ってきているが、これだけ魔物が多い場所なので、食料は問題なく確保できると踏んでいた。

更に少し歩きある程度ひらけた場所を見つけた。

八方を森に囲まれた広場。

ここで昼食をとることにする。

「じゃあ、準備頼むな」

「ええ。周りの警戒はお願いするわ」

「任せてよ」

食事を用意するのはミューラの仕事だ。

太一と凛は周囲の警戒を行う。

太一の力があればまず奇襲については心配はないのだが、今回の試験において、周辺の探査については凛とミューラが主で行い、太一は二人がカバーしきれなかった部分を担う形になっている。

これは、凛とミューラの方から言い出したことだ。

ただし、食事の時は、話は別だ。

さすがに貴重な食料を失うわけにはいかないので、この時ばかりは凛とミューラだけではなく太一も探査に参加する。

もちろん現地調達も行うが、必ず食べられるものが採取できるとは限らないからだ。

太一と凛は広場の周辺をゆっくりと歩きながら、周囲の魔物が近づいてこないかの監視を始める。

一方のミューラは、同様にできる範囲で周辺の気配を探りながらも、火球で焚火をおこす。

肉を適当に切り分け、持ち込んだ塩を揉《も》みこんでから枝を削った串に刺し、地面に突き立てる。

味付けは持ち込んでいた塩のみ。

街にいる時のような変化にとんだ味付けは望むべくもない。

ただし、素材の味と鮮度は非常に良い。

特に高ランクの魔物なので、肉としてのランクも高い。

肉の焼ける匂いが周囲に充満する。

とてもいい匂いだ。これは、魔物をおびき出すのに十分な効果を発揮するだろう。

「いい匂いだなぁ。これは誘われちゃうよね」

それを感じた凛。

右手をふっと横に払って即座に風の魔術を発動し、匂いをミューラ周辺に閉じ込めた。

「助かるわ、リン」

周囲を巻くように漂う風に、凛の魔力を感じる。

この状況を考えれば、凛がどんな魔術を使うかは手に取るように分かる。

伊達《だて》に一年以上同じパーティで活動していない。

凛の察しの良さは良く理解していた。

「うん、焼け具合はいいわね」

火加減の微調整や薪代わりの枝を追加しつつしばし。

「二人とも、できたわよ」

肉がいい具合に焼けたので、凛と太一を呼ぶ。

空腹に襲われていた二人は、周辺への探査をしながらも意識は焚火の肉に向けられている。

「あっ、よく焼けてるね」

「あー、腹減った」

料理の腕については、三人の中で一番のミューラだ。

さっそく肉にかぶりつく太一。

太一ほど豪快ではないが、凛とミューラも同様に食べる。

肉汁たっぷりでさっぱりと食べやすい味。

旨味が尋常ではなく、街で食べられる鹿肉とは比較にならない。高級店で出されるものと比べても、文字通り一味も二味も違う。

さすがに高ランクの魔物だ。

三人はその芳醇な味わいに舌鼓を打つのだった。

◇◆◇◆◇◆◇◆

最後に食べ終わった凛が、串を焚火に放り込んだ。

三人とも、終始かぶりついて肉を平らげた。

街中で同じことをやるのは行儀が悪い。

しかしそれをこの森の中でとがめることほど無意味なことはない。

たとえ貴族であろうとも、皿に盛ってナイフとフォーク……などという食事にありつくのは至難の業だ。

本当にそれを実現しようとしたとして、果たしてどれだけの人数と荷物が必要か分かったものではない。

その全員がここで身を守れるほどに戦えればいいのだが、そんな人材は滅多に見つからない。

とすると、必然的に必要になるのは多数の護衛。

……と、ここまで試算ができたところで、その依頼を受ける冒険者はごく少数だろう。

指名依頼という形にして受けなければ罰金有り……という形にしたとしても、その罰金を支払ってでも依頼を拒む冒険者もいそうだ。

この森で護衛ができるだけの実力を持つ冒険者ならば、罰金を支払えないはずがない。

食休みにそんなことを考えていた太一だが、もしもそんな依頼が自分たちのところに飛び込んできたなら、よほど親しい相手からの懇願でない限りは断るだろう。

「何考えてるの？」

「ん？　ああ、くだらないことだよ」

そう、くだらないことだ。

まったく意味がないことである。

「そう？」

「そう」

今凛たちに話すことでもない。

暇つぶしに話す分にはいいが、あいにくこの場所で暇になることなどないのだ。

くだらないことを考えていた太一だって、周辺の警戒は解いていなかった。

そしてそれは凛とミューラも同じ。

余計なことを考えるような真似はできない。

凛とミューラが強い、ということについて、誰も異論を唱えないだろう。

だが……この森では一切の脅威は存在しない、と言い切れるほどに隔絶した実力差があるわけでもなかった。

精霊魔術は間違いなくアドバンテージ。

しかし太一のように常用はできない。

それを考えると、彼女たちにとってここはやはり、気を抜けない危険な森なのは間違いなかった。

「さて、行きましょうか」

更に時折他愛もない話をしながらもしばし。

ミューラの言葉を合図に立ち上がる。

食べてすぐ動くのは身体によくないし、午前中は気を張り詰めながら歩きっぱなしということを考えると、精神的に休むのも重要なことだった。

本当はもう少し休んだ方がいいのだが、時間には限りがあるのでのんびりもしてはいられない。

常人よりは食事の量も多いが、冒険者としては珍しい話ではない。

さすがに太一ほどに食いしん坊ではないが、凛とミューラも同年代で普通に暮らしている少女に比べれば食べる方だ。

年頃の娘として太るのは避けたいという乙女心はある。

その一方で、そもそもが激しい動きを必須とするのが冒険者なので、食べなければ身体がもたない。

大量にエネルギーを消費しているのだから、きちんと食事を取らないとやつれてしまう。

やせるのではなくやつれる。

健康を損なうことと同意であり、やせるとか太るとかそれ以前の問題である。

冒険者なのだから身体から力がなくなるような真似はしてはならない。

冒険者にとって一番の資本は健康な身体。それは折に触れて師であるレミーアから言われていることだった。

寄ってくる火の粉を払いながら歩き続け、日が暮れようとしている。

「……いるわね」

「うん、いるね。そう遠くない」

先を歩く凛とミューラがそんなやりとりをしている。
それを太一は黙って見ていた。
二人が何を指して言っているのかは理解できていた。
太一の探知にもかなり大きな気配が引っかかっている。
午前中に出会ったシルバーバックと同格くらいの強さを持っているだろう。
多少前後するとは思うが、どちらに振れてもそう差は生まれないだろう。
つまり、これで二体目のAランクモンスターとの遭遇だ。
「タイチ」
「次は私がやるよ」
「ああ、分かってる」
シルバーバックはミューラが倒した。
今度は凛が実戦訓練を行う番だ。
その気配に向かって一直線に足を進めていく。
近づいていくたびに、気配に加えて強烈な戦意と威圧感が漂い始める。
どうやら既に標的の魔物も気付いているようだ。
太一たちとその魔物との物理的距離は、実際はかなり開いている。
早い段階で気付いたのは、双方ともに実力があるからだ。

これがBランク以下であれば、魔物の探知や偵察が得意な冒険者でもまだ気付けていないだろう。

やがて姿が見えてきた。

その魔物は木々の密度が薄くなった地点の、ひときわ高く太い大木の幹に身体を巻き付けていた。

木々に溶け込む緑色の鱗《うろこ》、頭の後ろ、それから尾の先、それぞれの左右にたたまれた皮膜が特徴的だ。

「あれは……ウィンドサーペントか？」

「そうね。Aランク、やっぱり当たりだったわ」

「皮膜で滑空ができるのと、風魔術を使ってごく短時間だけど超速で空を飛べるんだったな」

「そうね。後は蛇よろしく牙《きば》に毒はあるし、風の魔術も使うわ」

事前情報だけでも非常に厄介そうな魔物だ。

ちなみに、ミューラが倒したシルバーバックと戦うことも稀にある。

その際の決着は、ウィンドサーペントの毒および締め付けによる背骨のへし折りが決まれば勝ち。

その前にシルバーバックが持ち前の怪力で長い胴を引きちぎるなり頭をつぶすなりすれ

ば勝ち。

実力的にはほぼ互角であり、どちらが勝ってもおかしくないとされている。

事実、ごくまれに見つかる両者のぶつかり合いの現場には、どちらかの死体が落ちていることがほとんどで、場合によっては相討ちになっていることも珍しくはない。

この森の中でも圧倒的強者に位置づけられるウィンドサーペントは、自分からやってきた餌を前に鳴き声を上げて威嚇している。

「じゃあ行ってくるね」

一般的には強敵と言われるウィンドサーペントを前に、凛は気負いなく向かっていった。

ウィンドサーペントは愚かな小さい生き物を前に、それを見た目通りの愚か者と断じて飛び掛からなかった。

この森では、群れた魔物が格上に挑み仕留めるという下克上も起こりうる。

凛が相対するこの魔物は実際に下克上の場面を目撃したことはないが、そういうことがあると本能で知っていたのだ。

そして何より、見た目で相手を判断することが危険であると、遺伝子が警鐘を鳴らしたのである。

何せ自分を見かければ、大抵の生き物は命の危機を感じて逃げていくのだ。

だというのに、ウィンドサーペントに近づいている小さい生き物はまるでおびえていない。

決して凛は強がっていない。

それはウィンドサーペントも理解していた。

すなわちそれは、自身を脅かす強敵であること。

激しい戦闘が起きるか……そう考えていた太一とミューラの予想に反して、膠着《こうちゃく》状態に陥った。

凛を弱者と見下さず、警戒して飛び掛からないウィンドサーペント。

相手の出方を待って迂闊《うかつ》に攻撃をしない凛。

両者が選んだのはその場での静止。

太一とミューラも微動だにしない状況で、周辺の自然音だけがその場にさざめいた。

緊張が糸となって張り詰める。

引き合う力に耐えられず、糸が中心で徐々にほつれていった。

それに合わせて緊迫感が空間をミシミシと物理的に揺らしているかのように感じる。

凛もウィンドサーペントも、お互いから一切目を離さなかった。

そして、勝負は、一瞬。

鳴き声も上げず、空中をくねるように飛び出したウィンドサーペント。

その動きは、敵の攻撃を被弾しないよう、動きを読ませないためのもの。その上で非常に高速だった。

その瞬間的な速度はシルバーバックを軽く置き去りにできる速さだった。

非常に見事な一連の攻撃行動だったが、凜の対応は上回った。

太一とミューラは、凜を中心とした一帯が、一瞬青く染まったように感じられた。

直後、硬質かつ鋭利な音が響き渡り、ウィンドサーペントの体表面すべてに氷がまとわりついた。

氷自体も派手だが、効果はそれ以上だった。

どうやら今の一瞬で、ウィンドサーペントの内部全てを凍結させたようだ。

そのままウィンドサーペントは地面に滑るように落ち、凜の手前二メートルほどのところでようやく止まった。

「うん、思い通り。……はあ、良かった」

さすがの凜も、それなりに緊張はしていたようだ。意識してかどうかは分からないが、安堵《あんど》の息を漏らしている。

指先に氷の刃を生み出してウィンドサーペントに近づいていく凜。

一撃で仕留めたという確信があったのだろう。

そのまま魔石と討伐証明部位を採取した。

ウィンドサーペントは微動だにしなかった。

# 第八十六話　対ドラゴン

辺りは真っ暗だ。

既に日は暮れて数時間が経過している。

昼間ただでさえ鬱屈とした空気をまとっていたこの森だが、夜になるとその顔をさらに厳しいものに変えて牙《きば》を剥《む》くようになっていた。

周辺に漂う気配は昼間よりも明らかに多くなっており、また殺意を隠そうともしない気配があちらこちらに。

太一たちの方に近づいてこない魔物もいるので戦闘数はそこまで増えていないが、その分より殺意が高く、狡猾《こうかつ》で強い魔物が出るようになった。

Cランクあたりの魔物は息をひそめて夜を過ごしているようだ。

出会う魔物のほぼすべてがBランク以上なので、仕方のないことだろう。

この魑魅魍魎《ちみもうりょう》がはびこる森は、中途半端な強さの魔物にとってはまさに地獄。

他の、人里に近い土地ならば強者側に立つだろうCランクの魔物だが、この森では弱肉強食の弱肉側だ。

時折悲鳴が響き、寝ていただろう鳥の魔物が驚き飛び上がる羽ばたきの音。それから風で揺れる葉の音が太一たちの耳に届く。

「もう夜もだいぶ更けてきたなぁ」

既に月はだいぶ高くなっている。

そろそろ寝た方がいいのだが、白夜草がまだ見つかっていない。

仮眠を取る前にどこにあるかを見つけておきたい。

「そろそろ修正した方がいいかも？」

「そうね……もう一度探してもらうわ」

今回、太一は白夜草を探していない。

シルフィかミィに頼めば一発でほぼ確実に見つかるのは間違いない。

しかしそれをしていない。

白夜草までの道案内は凛とミューラに任せていた。

今回主に方角を示しているのは土属性のミドガルズと契約しているミューラだ。

凛の精霊であるアヴァランティナは何かを探すというのは専門ではない。

飛べるためある程度の真似事はできるのだが、それでも風の精霊や土の精霊に比べれば探査能力は圧倒的に劣る。

その一点をもって精霊に優劣などはつけられない。相性の問題はあることは間違いないが。

ミドガルズもかなりの探知能力は持っている。

これで見つけられていないのは、まだまだミューラが修行中だからである。

精霊との意思疎通や、魔力の扱いが未熟であることの証。

なので大雑把な方角だけが分かっており、ずれが生じるたびに都度修正をしているわけだ。

「本当に広いんだね、この森」

それほど疲れているわけではない。

この程度歩いたくらいで疲れて動けなくなるような、やわな鍛え方はしていない。

強化魔術もあるのだし、まだまだ歩くことは可能である。

ただし、それこそがこの森がどれだけ広いかを如実に示していた。

疲れがたまりにくく、強化魔術のおかげで平均よりも森歩きの速度は速い。

それでいて、朝から夜になるまで歩いてなお、中心にたどり着かないのだ。

横に広く奥行きはそこまででもない森ではあるが、それでもこれほどに時間がかかるとは。

太一たちでなければ、下手をすれば既に二泊から三泊はしているだろう。

「そうね。あたしたちだから、ここまで来られてるんでしょうね」

今は、自分たちがAランク冒険者の平均よりもだいぶ上に位置していることは自覚している。

だからこそこうして心に余裕があるのだと。

さらに微調整を続けながらしばらく。

森の中に、半径二〇〇メートルほどの空間が目に入った。

「おっ？」

思わず声を漏らしてしまった太一。

この場所のことはあらかじめギルドで話は聞いていた。

森の奥の方には、大きくひらけた場所があり、夜明け前の月明かりを浴びた時にだけ花開く白夜草は、そこで咲くのだと。

「着いたわね。……あらかじめ探しておきましょうか」

「そうだね……」

もう身体が休みを求めているのは、言い出したミューラも賛同した凛も同じだが、この場合寝る前に見つけておくのは正しい。

疲れている身体に鞭《むち》を打って、広場を探して歩く。

太一もまた周囲を見渡して十数分。

「あったぞー」

見つけたのは太一だった。

凛とミューラより早かったのは、ひとえに太一の方が集中力を保っていたからだ。

疲れていた凛とミューラに仮眠を取らせてやりたいという気持ちもあったが。

太一の声を聞いてやってきた凛とミューラ。

月明かりを浴びているその草を見た二人は、それぞれうなずいた。

「うん、確かに」

「間違いないわね」

見つけたのは太一だが、自分だけで判断して万が一間違っていたら目も当てられないので、二人にも見てもらいたかったのだ。

手分けして広場を歩き回り、目的の白夜草も見つけた。

「合っててよかった。分かりやすくしとくよ」

後は待つだけだ。

太一は土で幅広なサーベルを作り、白夜草の近くの地面に突き刺す。

一度仮眠を取るので、目が覚めた後にまた探さずに済むための目印だ。

「じゃあ、少し休もうぜ」

広場と森の境目まで移動し、そこに仮休憩所を作る。

四方を壁で囲い、外界との遮断をしただけの建物。

天井に穴は空いていて夜空を見ることはできる。

無防備に見えるが、そこは風によって塞がっているので危険はない。

太一が作る拠点の安全性は既に証明されている。

見栄えさえ意識しなければ、安全性と機能性は市場にあるテントなどの野営設備をはるかに上回っており、ぐっすりと眠ることができる。

太一が作る拠点を破壊するほどの攻撃力となると、凛とミューラではどうにもならない敵なので気にしても仕方ないところまできている。

「じゃあ、俺が先に見張りするから、二人とも仮眠取っていいぞ」

事実、ここまでもっとも戦闘をしてないのは太一だ。

鍛錬のために自分たちから願い出たため、凛とミューラはここまで連戦、かつ索敵も行うなど八面六臂《はちめんろっぴ》の活躍だった。

その活躍は、何の代償もなくなせるものではない。

具体的な対価としては、体力と精神力の消耗。

見張りはもちろん必要だが、身体を休めるのも必要だ。

ここもミューラは自分が作ると主張したが、太一は認めなかった。

すでにかなり負荷がかかっている。

この後はただ寝るだけではなく、見張りもやる必要があるのだ。

ミューラに有無を言わせずに地面に手を当て、簡単な小屋を作った。

そんなに大きいものではない。ただ三人が横になれるだけの四角い箱。

それでも、サクッと建ててしまった。文字通り一瞬で、ミューラが介在する余地を与えなかった。

技量と規模の差にへこむもつかの間、安心して休める場所を見た瞬間、ミューラの疲労はピークに達し、小屋に入って寝床を用意してすぐ、凛もミューラも気を失うように眠ってしまった。

本人たちに自覚がなかっただけで、どうやらかなり疲れていた模様だ。

凛とミューラのバックアップがメインだった太一はたいして疲れていないが。

「寝かせておくか」

夜明け前。

「今なら、二時間は寝られるかな」

たった二時間。

されど二時間。

疲弊した二人の状態からすると「たった」だが、ずっと起き続けているよりは、多少なりとも眠れる方がいいのは間違いない。

本来ならここまで丸投げをするつもりはなかった太一。

しかし、ほかならぬ二人から、今回のことは任せてほしい、と言ってきた。

彼女たちにとっては、森での行動すべてが貴重な実地訓練なのは理解しているので受け入れた。

いざという時にバックアップが出来るからこそ、今日は朝から晩までここまで任せたのだ。

実際の戦闘を重ねれば重ねるほどに熟達は加速する。

それが分かっているからこそなのだ。

太一のように、精霊と直接会話をしながら調整ができるわけではないので、試行回数は自然と増える。

凛とミューラ、そしてレミーアの苦戦ぶりを目の当たりにして改めて、自身のチートぶりを認識してしまう。

そのチートをもってしても勝てない相手が一人や二人ではないのだから、シェイドが太一に与えたチートが決して過剰ではなかったことは既に証明されてしまっているのだが。

仮拠点で休んでいる二人と同じく、太一自身もまたレベルアップをしなければ。

拠点の屋上に腰掛けて広場を照らす月を見上げながら、太一はそんなことを考えるのだった。

◇◆◇◆◇◆◇◆

それから約二時間。

太一とてぼーっとしていたわけではない。

じっくりと自分の内側と会話をしていた。

より魔力を効率よく操れるように。

魔力量について。

一般の魔術師がバケツだとすれば、凛やミューラ、レミーアは大きな金ダライ。太一は大きな浴槽になる。

金ダライや浴槽ほどの大きさがありながら、その溜まった魔力をティーカップだけですくうのはナンセンスだ。

ティーカップですくうのが悪いわけではない。それだけしか選択肢がないことが問題だ。

バケツならティーカップでも十分だが、バケツよりも大きい器なら、ティーカップよりも多くすくえた方がいいのは間違いない。

金ダライを持っているならバケツでもすくえた方がいいし、大きな浴槽からならそれこそ金ダライですくえるようになるべきだ。

魔力の操作というのはそういうものの総称であると、師であるレミーアは言っていた。

実のところこれは凛やミューラ、そしてレミーアだけではなく太一にとってもこなすべき課題だ。

壁にぶつかっているのは何も彼女たちに限った話ではない。

丁寧に丁寧に魔力の量を調整して、思い通りの力を発揮出来るようにする。

北の海で出会った仮面の男。決着をつける前に退いたので勝負はお預けになった。太一に見せたあの執着心からすれば、いずれまた相まみえるのは間違いないのだ。

「……」

月明かりに照らされた手のひらを見つめ、握りしめる。

その時に備えるという意味では、この修行は決して大きなものではない。

召喚術師同士の対決ということで、非常に大きな領域での戦いになる。どちらかといえば、高威力高出力攻撃の撃ち合いになることが予想される。

そこで繊細な魔力操作による調整がどれだけ生きるかは分からない。

ただ。

これだけは言われている。「同じ力を使っても、多少の魔力消費削減にしかならない。それが生きるとすれば、戦いが長丁場にもつれ込んだ際の持久力である」と。

やる意味は大いにある。

それが、太一の結論だった。

ぶっちゃけた話、太一よりも強い相手。

この世界に来て以降、ほぼ全ての状況で追われる側だった太一が追う側に立っているのだ。

心境としては挑戦者のそれである。挑んでくるのは、相手だとしても。

太一としては負けるわけにはいかない。

なぜかは分からないが、仮面の男が太一に強い執着をしているように、太一の方も、仮面の男に対して不可解な「負けたくない」という気持ちがある。

凛や、この世界で出会ったミューラ、レミーアらを守るため。

アルティアを好きにさせないため。

色々大事な理由はあるが、それに並ぶくらいに強いのは「負けたくない」という気持ちである。

「そろそろ時間か」

気付けば、遠くの空がかすかに色づき始めている。

明け方にしか咲かない白夜草。

朝日が見え始めて、完全に地平線から昇ってしまったらアウトだ。

採取できなかった場合、もう一晩ここで明かすことになってしまう。

太一としてはそれは避けたいし、凛もミューラも同様だろう。

「起こすかぁ」

お疲れの二人を起こすのはやや気が引ける。

ともあれ、起こさない方が面倒なので仮拠点の中に入る。

「時間だぞー、起きろー」

声をかけると……まずは凛が。続いてミューラが目を覚ました。

太一がそのまま仮拠点の外に出て、少し。

数分も経たないうちに二人が出てきた。

「じゃあ行きましょうか」

ミューラは既に完全に起きていた。

睡眠不足の状態で無理やり起こされたものの、さすがに彼女も高ランク冒険者。

特にこの危険な場所ということで、あまり深い眠りには陥らなかったのだろう。

しゃっきり、という言葉がぴったりである。

それは凛も同様だった。

太一と凛は同じく一年と少しの活動だが、他の冒険者よりも経験の濃度は濃い。

ミューラも、二人に同行するようになってから、何年もかけてするような経験をぎゅっと圧縮して体感している。

それらの経験は見た目以上に内面の成長に寄与しており、その一つがこの寝起きの良さだ。

眠くて疲労がピークであっても、こうして現場にいる時にはすぐに起きることができる。

寝ている時はもっとも無防備なので、完全な熟睡には入らないことが、冒険者としては必須の能力になる。それができなくて死ぬ冒険者というのは今も少なからずいるのだ。

仮拠点を出れば、目的の場所は目視が可能だ。

昨日太一が突き立てた剣が良く見えた。

そこに向かって歩いていく。

剣の近くの白夜草のつぼみは開かんとしていた。

もうじきに花が咲くだろう。

美しい、白と水色が混ざった透明な花弁を持つ花だ。

「へえ、綺麗なもんだなぁ」

この花は見た目の美しさもさることながら、複数種の貴重で特殊な魔法薬を調合するための触媒になるので、観賞用、魔法薬調合用である程度の需要がある。

もっとも、その危険度から報酬が相当な高額になるので、その金を出せる者しか依頼できないからこそ、需要に対する依頼の数が少なかったりする。

「……ありのままの状態を見たのは初めてだわ」

「そうじゃないのは見たことあるの？」

「ええ。昔レミーアさんが仕入れていたわ。適切な方法で乾燥処理されたものなら乾燥させた白夜草ではできない使い道が新鮮な白夜草にはある。

レミーアが仕入れた時は、乾燥させた白夜草で十分だったのだ。

そんな話をしているうちに、白夜草はその花を咲かせていた。

朝と夜の境目と月明かり。非常に綺麗な時間帯。

太一と凛、ミューラは白夜草をそれぞれ一本ずつ採取した。

これで任務の八割は完了した。

後はもう一度、Aランクモンスターと邂逅《かいこう》できれば帰るだけだ。

「……どうする？　最後の一匹も探すか？　それとも俺がやるか？」

返答は分かってはいたが尋ねてみる。

「もちろん、あたしたちで探すわ」

「よほど強くない限り、私たちが倒したいな」

凛もミューラもそれぞれソロでAランクモンスターを倒した。

今度はタッグで戦ってコンビネーションを確かめたいのだろう。

なるほど、そういうことならば太一としても言うことはない。

ならば、帰路に向けて休もうか……太一がそう言うよりも一瞬早かった。

誰よりも早く気付いたのはシルフィ。

凛とミューラが索敵すると分かっている時は積極的に太一に知らせることもなかったのだが、このタイミングでは違った。

『たいち』

シルフィからの警告を受けて、太一は即座に周囲の探査を行う。

風の魔法と土の魔法。

凛とミューラでは及ばない速度と範囲。

「こいつか」

見つけた。

太一はぐるりと振り返り、森の中を見据える。

彼が戦闘態勢に入ったことを凛もミューラも察し、一気に緊張感が高まった。

地面の振動が徐々に迫ってくる。

それとともに感じるのは、猛烈な威圧感。

次に気付いたのは、土属性のミドガルズの探知で対象を感知したミューラだ。

「……これは」

尋常ではない気配の大きさ。

これほどの存在感の持ち主、相当遠くからでも感知できなければおかしくないのに。

最後に気付いたのは、凛。

凛も何もしていなかったわけではない。探知用の魔術も行使していたのだが、それが効果を発揮する前に見つけることができた。

さすがに精霊の探知に勝てるものではなかった。

普通であれは凛の探知範囲が狭いなどとは口が裂けても言えない。

そこらの盗賊やレンジャーなどよりもよほど探知能力には優れているのだから。

なお、盗賊という言葉には二種類の意味がある、この場合は職業のことを指しており、人から強盗殺人を行う盗賊とは別物である。

凛もソナー魔術が効果を発揮したわけではない。

森の向こうから、丘が動いているのだ。

轟音、そして震動。

そしてついにその姿が見えた。

森を突き破って現れたのは、巨大な姿。

「……ドラゴンかよ」

岩が身体を覆っているドラゴンが現れた。

◇◆◇◆◇◆◇◆

ざっくりとした体感だが、Aランクの枠には収まらないのではなかろうか。

ドラゴンとはそれだけのポテンシャルを誇る魔物である。

太一が見た感じ、ツインヘッドドラゴンからは幾分か格落ちする。

とはいえ、そんなものは一般的には何の慰めにもならない。

太一だからこそ言える話であるというのは、これまでのことで誰もが分かっていること。

ただし今回、その枠に片足を突っ込んでいるのは、凛とミューラ。

「ロックドラゴン……？　それとも、ランドドラゴンかしら？」

ドラゴンについての情報はあまりに少ない。

希少な書籍文献の宝庫であるレミーアの書庫にも、冒険者ギルドの資料にも少ない。

岩をまとうドラゴンについての記述はなかった。

なぜここで出てきたのかも分からない。

そもそも、ここに住んでいるものなのだろうか。

「そういった情報は聞いてないかな」

太一の視線を受けた凛は首を左右に振った。

ドラゴンが出没する。

それが分かっていたなら、ここに向かう太一たちに向けて情報を提供するのは当然だろう。

黙っているとは思えない。

あえて教えなかった、ドラゴンをどう切り抜けるか、それも試験だ――

なるほど、分からない理屈ではない。

ただし、太一たちの心証を多少なりとも悪くするのは間違いない。

もっとも、ドラゴンの情報など極秘も極秘、最重要機密でもおかしくはない。

そのことから話さなかった、ではなく話せなかった、となる可能性はある。

「まあ、出てきてしまったものは仕方ないわね」

太一でも思いつくことだから、当然ミューラも同じ考えに至っていた。

その上で、ミューラは気にしない、という表情をしている。

凛も同様だ。

太一なら、顔を見れば分かる。

内心そうでもない、というわけではなく、心からそう思っていることに。

「こいつは多分、凛とミューラよりもちょい強いくらいかな」

北の海で彼女たちが戦ったキメラよりもさらに強い。

二人がかりなら勝てないほどではないだろう。

これが、二人でどうしても勝たなければいけない状況ならばともかく、今は太一がいる。

際どいギャンブルをする必要はなかった。

「じゃあ俺が戦うから、援護を頼む」

これまでなら、二人のことは逃がして太一だけで戦っていた。

今は違う。

身を守り、援護するという戦いならば、二人とも十分な戦力になる。

ならばやらない選択肢はない。

「分かった」

「ええ」

「じゃあやるか。仮称ロックドラゴン」

「名前それでいいの？」

「伝わればいいだろ」

「それもそっか」

ロックドラゴンはのっしのっしとこちらに近づいてきている。

しかし、侮っているようには見えない。

太一たちが、ドラゴンの威容を見ても畏れていないからだろう。

すべからく生き物であれば、ドラゴンを見れば畏れ逃げ惑うのが普通なのは間違いない。

その様子の違いから、ドラゴンは警戒しているのだ。

人の言葉を介さずとも、人と同等かそれ以上の知能を持つと言われるだけのことはある。

全てのドラゴンを一緒くたにするのは乱暴で一概にそういうわけでもない、ということだが、犬や猫だって人間の子供と同等の知恵を持ち合わせることも珍しくはないので、分からない話ではない。

太一が一歩前に出て、腰を落とす。

「グルララ……」

その様子を見たドラゴンもまた歩みを止め、歯をむき出しにしてうなる。

両者ともに戦闘態勢に入った。

太一であれば一瞬でケリがつく戦いである。

けれども、それではあまりにも味気ない。

なので簡単には終わらせず、戦闘の余波についても一切気にしない方向で動くことにした。

軽く地を蹴って浮くと、そのまま空中で加速。

四肢を地面に大樹のように突き立て、巌《いわお》のようにたたずむロックドラゴンに向かって突き進む。

そのまま受け止めるかと思ったが、ロックドラゴンの方も、ドラゴン由来の強靭《きょうじん》な足腰を最大限に生かして突進を開始した。

太一とロックドラゴンが激突し、周囲に激しい音がとどろいた。

「おお⁉」

太一は驚いた。

一撃で倒さぬよう力加減をしていたとはいえ、太一はロックドラゴンを弾き返すつもりでぶつかったのに、互角だったことに。

ロックドラゴンも驚いた。

様子見の攻撃とはいえ相手は小さな生き物、避けるか逃げるかするだろうと思っていたら真正面からぶつかったうえ、勢いを止められたことに。

太一は一度バックステップで距離を取る。

このあたりの身軽さ、切り返しの速さは太一の方が一段も二段も上だ。

さすがに巨体のロックドラゴンに太一のような動きは出来ない。

その代わりに、魔力を込めずとも非常に硬質な皮膚と、大体の生き物を物理的に押しつぶせる巨大質量という武器があるわけだが。

今回、太一はただ距離を取ったわけではなかった。

太一の後ろから硬化した石つぶてが放たれ、さらにロックドラゴン周辺の気温が一気に下がったのだ。

物理的な牽制《けんせい》攻撃と、ドラゴンを爬虫類、つまり変温動物と仮定した温度攻撃。

ミューラの攻撃は、シンプルに硬い石を使った連続攻撃。

硬い岩の鎧《よろい》に対して、ばらまいては意味がないだろうと、一点を集中して狙った攻撃だ。

凛の冷気は、ロックドラゴンを一瞬で包み込んだ挙句に気温を氷点下六〇度まで下げ、さらにかろうじて目に見える程度の小さな氷を無数に舞わせている。

体温を下げるだけではなく、あわよくば鱗《うろこ》の隙間に潜り込ませるダメージを狙った攻撃だ。

これがロックドラゴンでなければ、ミューラの攻撃に気を取られて凛の攻撃は脅威ではないと断じて無視し、まんまと術中にはまっていただろう。

さすがに自分よりも強いロックドラゴンを相手にするため、攻撃自体は手加減なしの威力重視で行っている。かつてなら数発と持たずにガス欠になっていただろう威力だが、今は違う。

それこそ、二人がずっと自分と向き合って努力をし続けてきた結果だろう。

「グルラララララ!!!!」

巨大な咆哮《ほうこう》とともに、竜種の無尽蔵ともいえる魔力量にものを言わせて周囲に放射する。

それによって防御力が上がり、ミューラの攻撃も、凛の攻撃も防いでみせた。

どちらの攻撃も、自身にとっては傷を与えうると判断したからの防御行動。

質量による攻撃力ももちろんだが、このロックドラゴンは防御力にステータスを振った存在なのだろう。

だからといって、攻撃力が低いわけではない。

物理的な威力をも持つ咆哮といい魔力の放射といい、どちらもただの人間にとっては致死量を超える攻撃だった。

それを、凛とミューラは問題なく防いでおり、ロックドラゴンの攻撃に備えつつ、牽制のための準備も整えていた。

これまでならば「逃げろ」と言っていたし、余波も太一がすべて防いでいた。

しかし凛とミューラの様子を見る限り、怪我《けが》をしている様子もなければ、今の防御では消耗していなさそうである。

（これなら……！）

太一は思わず笑みを浮かべる。

これならば二人に任せてもいいだろう。

「もういっちょ！」

もう一当て。

今度はまっすぐではなく、ジグザグに進みながら。

体当たりではなく、横っ面をぶんなぐってやろうという腹積もりだ。

ロックドラゴンは凛とミューラを気にしながらも、太一と向き合わねばならない。

ダメージを与えうる凛とミューラ。

がっぷり真正面から打ち合って押しとどめる力がある太一。

どちらがより危険か。それは火を見るよりも明らか。

ロックドラゴンが意識をより多く割いているのは太一の方だ。

だが凛とミューラも捨て置けない。

邪魔だから先に排除したいが、太一を抜いて二人のところには行けずに忌々《いまいま》しい――

ドンピシャではないだろうが、少なからずそう思っているだろうことが、何となく太一には伝わってきた。

「好きによそ見しろよ。遠慮なくやらせてもらうぜ」

走りながら重心を落とし、太一は言う。

人間の言葉を理解しているとしか思えない反応で、ロックドラゴンは太一を見据えて威《い》嚇《かく》し、飛び掛かった。

◇◆◇◆◇◆◇◆

ごつごつとした頭を前面に押し出し、ロックドラゴンが走る。

その巨体からくる重量で、一歩ごとに地面が揺れる。ダンプカーよりも迫力がある。

太一は一度立ち止まってその場にしっかりと足を固定し、ロックドラゴンを両手で受け止めた。

数メートル後ずさるも、完全に突進を食い止めてみせた。

太一のパワーが完全に上回ったことの証明だ。

完全に停止したのは本当に一瞬である。

凛とミューラは、その一瞬を見逃さない。

二人が術を撃ちやすいように、太一はバックステップでロックドラゴンから距離を取った。

二人が放った土の槍が、ロックドラゴンの前足の関節を強力に打ち据え、氷が四肢にまとわりついた。

どちらもかなり硬度に割り振った術を使ったので、それなりのダメージと動きの阻害につながった。

「ナイスだ！」

術を受けてバランスを崩し、歩き出そうとしたものの動きにくそうだ。

その二つによる動きの鈍化も数秒と継続しない。

それは術を放った凛もミューラも、見ていた太一も、よく分かっていた。

なので、その効果が効いている間に、太一はドラゴンに向かって距離を詰める。

「そろそろ一発行くぞ！」

ロックドラゴンの目前で、急激に加速する。

このモンスターが捉えられる速度から、捉えられない速度に。

案の定、ロックドラゴンは太一の姿を見失った。

太一の下から打ち上げる一撃がロックドラゴンの顎《あご》を激しく強打した。

「ギャア」

ロックドラゴンの顔が跳ね上がり悲鳴が上がる。

この戦いが始まって初めての大きなダメージだ。

その一撃でロックドラゴンはひっくり返ってしまった、それだけの勢いがあった。

ロックドラゴンは痛みにもだえ転がっている。

防御力が高いがゆえにこれだけのダメージを受けたことがなかったのだ。

その様子を見て倒さずに大きなダメージを与えるという加減が成功したことに太一は笑った。

「効いたな」

ある程度凛とミューラに攻撃の機会を与える、という名目があったために長引かせたものの、ダラダラとやるつもりはない。

あと数回も攻撃すれば、凛もミューラも感覚をつかむのは十分だろう。

ロックドラゴンの攻撃を真正面から受け止めた太一だが、この程度ならば消耗らしい消耗などしない。

ただし、凛とミューラは既に疲労がたまっている。

二時間程度の仮眠は取らせた。

が、その程度では疲れなど抜けはしない。

今は先程の小休止で若干戻った体力を消費している状態だ。

ロックドラゴンという、太一が壁にならなければ文字通り命がけの戦いになる敵が目の前にいて、逃げるのではなく援護という形で戦っているからこそ、疲労が溜まっていても戦えている、というところだ。

だからこそ、そろそろ終わらせるつもりだ。

「じゃあ、もう終わらせるぞ」

なかば的と化したロックドラゴンを見据えつつ、太一は言う。

「うん」

「分かったわ」

二人も異論はないようだ。

最後に一発撃ってもらえばいいだろう。

先程の太一の一撃がかなり効いているため、なかば無効化できている。

よって攻撃を当てるのは難しくはない。

これで最後だ。

凛とミューラは全力で魔力を高めて練り上げて固めて、そして二人のものをひとつに混ぜ合わせた。

「おっ」

一人で複数の魔術を掛け合わせる、というのはなくはない。

凛もミューラも、もちろんレミーアもできることだ。

だが、他人の魔術に自分の魔術を混ぜる、という飛び道具は見たこともない。

二人とて、そのような行動をしたことはないだろう。

それを分かった上で挑戦しようというのだ。

太一が口を出すのは野暮というもの。

凛の氷の術と、ミューラの土の術が合わさる。

出来上がったのは、渦を巻く冷気をまとった巨大な土の槍。

似たようなものは、魔術でなら凛にとって難しくはない。

だがこれは精霊魔術なのだ。

二人としても初の試みだろうが、自分よりも格上で防御力が売りの敵を倒すのには必要だと見積もったのか。

ともあれ、初の試みらしい共同精霊魔術は無事成功していた。

「放て！」

トリガーはミューラ。

狙いを定めているのは凛。

二人によって制御された攻撃魔術は一直線にロックドラゴンに迫り、その体表に突き刺さるのみならず、そのまま貫通した。

「ギャアアアアア!!」

ロックドラゴンの口から大きな断末魔が発せられる。

凛とミューラが放った魔術は、ロックドラゴンの首元から突き刺さり、背中を抜けて空のかなたに飛んで行った。

威力はこれまでの倍ではおさまらない。

魔力を同調させ、術を制御し、攻劇力を向上させる。

(言葉でいうのは簡単だけどさ……)

実際はそんなに単純な話ではない。

欠点もいくつもある。

例えばあの状態でいる間は無防備になること。

当然だ。

ただでさえ難しい精霊魔術を、一人ではなく二人でやる時点で、難易度は跳ね上がっている。

その上で魔力の繊細な操作を要求されている。

強力な分制限が付くのは当たり前の話だ。

うまい話というのはそうそう転がっているものではない。

現に、凛とミューラも、精霊魔術を合成している際は、周囲に一切意識を向けている余裕はなかった。

ともあれ、それだけのリスクを払ったおかげか。

ロックドラゴンにとって、凛とミューラの攻撃は致命傷になった。

太一の強力な攻撃を受けた後で、ロックドラゴンに耐えられるだけの体力が残っていなかったのである。

ドラゴンの目から光が消えていく。

「グル……ル……」

最後にそううめき、ロックドラゴンは動かなくなった。

太一は無造作にロックドラゴンに近づき、その様子を探る。

二人の魔術は無事に仕留め切っていだ。

「すげぇな。倒してるよ」

それは素直な賞賛だった。

もちろん太一ならば、倒すのにそこまで苦労はしない。

よく言えば特別、悪く言えば異常な太一だからこそ苦労しないのであって、普通の人間の範疇《はんちゅう》だった凛とミューラが、手負いとはいえドラゴンを仕留めたのだ。

常識では考えられない、劇的な進歩といっていいだろう。

死体となったロックドラゴンからは、未だにすさまじい魔力が周囲に垂れ流されている。

さすがドラゴンといったところだ。

これは非常に良い土産になる。

この森に来てからの成果は多岐にわたる。

試験をクリアできた。

凛とミューラの実地訓練を積むことができた。

ついでに、太一以外でもドラゴンを倒せることが分かった。

それは非常に大きな収穫だ。

「後はこれをどう持って帰るかなのだけど……」

ドラゴンの死体を見ながら、ミューラは顎《あご》に手を当てて首をひねっている。

確かにそれも大切なことだが……。

「凛とミューラは、その前にまずちゃんと休むことからだな。もちろん俺もだけどさ」

太一はそう言って笑った。

そうだ。このドラゴンと戦うのに、二時間程度の仮眠で挑むことになったというのは前述したとおり。

後は帰宅するだけなのだが、この森はなめてかかってはいけないことは、もう全員が理解している。

太一が言うちゃんと休む、というのが急務。

凛もミューラも、返す言葉がなかったのだった。

◇◆◇◆◇◆◇◆

レージャ教総本山――

エリスティン魔法王国がある大陸の左、海を渡った先の大陸。

海自体はそれほど広いわけではなく、海洋というよりは海峡といった感じだ。

それぞれの海岸から、対岸の大陸は見られないが、船で渡ると思った以上に近い。

エリスティン魔法王国の対岸の大陸にあるのがクエルタ聖教国である。

物理的な距離の近さから、隣国にして友好国、という認識が強い。

少なくともエリスティン魔法王国側はそう思っている。アルセナ大司教が侯爵家の令嬢という地位にいることも影響している。

クエルタ聖教国も表向きは同じ態度を示していた。

そう、表向き、なのである。

「あきらめぬのう……」

レージャ教教皇ペドロ・ボニファス・グレゴリウスは、面倒くさい、という表情を隠さずに書簡を自身の豪奢な執務机に置いた。

「受けたくはないのう」

そうごちると、彼は秘蔵のワインを控えているメイドに注がせ、くい、と飲んだ。

高級ワインであり、一本で一般人の月収が吹き飛ぶ程度には値が張る一品だ。

どれもこれも、世界最大の宗教であるレージャ教に寄せられる莫大な喜捨と寄付が元になっている。

極端な倹約をする必要はないが、分け与えられるものは分け与えましょう、という教義なのだが。

そこは言わぬが花とばかりに、メイドも、彼の執務机の前に直立不動で立っている側近も何も言わない。

ペドロの身体はそれなりに肥えている。ぶくぶくと太っているわけではないが、贅沢をしていなければこうはならんだろう、という体型であるのは間違いない。

「しかし、相手はエリステイン魔法王国のシャルロット王女殿下と、アルセナ大司教でございますれば……」

「うぅむ……」

渋っている。

政治的な理由で渋っているのではない。

国としての関係が悪化している、という事実はないのだから。

ただ単に、ペドロが面倒がっているというのが一番大きな理由であると、メイドも側近も既に気付いていた。

友好国に対する態度ではないのだが、これがペドロという男なので疑問に思う段階はとうの昔に過ぎ去っているのだ。

「受け入れざるをえんか……連れの者も、Aランク冒険者試験を受けているというではないか」

「まだ結果は出ておりませんが、合格は確実であるとシャルロット王女殿下は仰せでございます」

人類としては最高の実力の持ち主であるAランク冒険者。ほぼすべての国が恩恵にあずかる冒険者、その最高位。

過去にAランク冒険者をないがしろにした愚かな国が、どうなったか。

「我に謁見する資格はある、か」

「畏れながら……」

冒険者がAランクになるために課す試験を国がクリアしようとすると、少なくない犠牲とそれなりのコストを要する。それを少人数で達成してしまう実力を持つのだから、国としてもないがしろにできるわけがない。

はあ……と大きなため息を数度吐いて、ペドロはようやく決めたようだ。

「仕方あるまい。受け入れる、と返答せよ」

「仰せの通りに」

側近の男はうやうやしく頭を下げた。

ペドロはしっし、と追い払うかのように手を動かし、ワインに舌鼓を打ち始める。

一見部下をないがしろにしているとしか思えない彼の対応だが、これがいつも通りなので彼のもとで働く職員たちはそれに何かを感じることはまったくない。

「面倒だ……ああ、面倒だ。……面倒だ……」

側近の男が退室する間際、そんなつぶやきが豪奢な教皇専用の部屋に響き渡る。

それを洗い流して忘れるために、ワインをがぶがぶと飲んで惰眠をむさぼるのだろう。

それで構わない。

レージャ教の運営はつつがなく行われている。

あんな教皇だが、組織運営の手腕は確かなものなのだ。意外なことに。

レージャ教上層部では、権力闘争や裏切り、宗派による衝突など、過去に様々な事件があった。

時に血なまぐささえ感じるような事件をいくつも乗り越えてきた結果が今のレージャ教だ。

長い歴史を持つ宗教なので、それなりに荒れた時代もあるが、それは全体で言うところの四割程度というところか。

六割は、見かけ上だけでも平穏無事な時代である。

その平穏な時代の組織運営を大過なくこなしていくことにかけては、ペドロの才はかなりのものだという評価だ。

荒廃した時代に力を発揮する為政者と、平穏な時代で力を発揮する為政者。

どちらが優れているということはない。

戦乱でいくら強かろうと、平時では大したことはない為政者もいる。戦争で不敗でも政で国を荒れさせたことで、王としては二流という評価が下されたように。

だからこそ。

やりやすいというのが、あるのだ。

「ただいま戻りました」

クエルタ聖教国の聖都ギルグラッドの高位者街……いわゆる貴族街に相当する区画にある屋敷。

この貴族街においても有数の規模を誇る屋敷だが、それも当然だ。

聖教国でもほぼ最上位の聖職者であるがゆえに、保有している財産もその階位に見合ったものになる、というわけだ。

その屋敷の書斎にて、屋敷の主、大司教ジョバンニ・ブルゴーニュと対面していた。

「マルチェロ、猊下《げいか》のご様子はいかがか？」

「ようやく受け入れをお決めになられましたよ」

「ふむ……長かったな」

「ええ、本当に」

ジョバンニ・ブルゴーニュは、その巨体を揺らした。

だいぶ白髪が混じった金髪は、様々な過去を経験してきた苦労を物語る。

大司教にまで昇りつめたがゆえのすごみのようなものが全身からあふれていた。

一方のマルチェロ・バルベリーニ。

特徴がないのが特徴とでもいおうか。

とにかく顔を覚えるのが難しい。中肉中背、どこにでもありふれた茶髪。

彼の顔と名前が一致している者は、このギルグラッドでもごくわずかだろう。

彼自身は、それなりに人前に立つこともあるというのに。

「ともあれ、これで後は実行に移すだけということだ」

「本当にやるのですか？」

そう確認するように問いかけたマルチェロに、ジョバンニは獰猛《どうもう》に笑った。

「当然だ。そういう命令が既に下っているのだからな」

「それはそうですが……」

やる気十分のジョバンニに対し、マルチェロは渋る様子を見せた。

「やるとなると、あなたは完全に……」

「そんなことは百も承知だ」

マルチェロの言うことは理解しつつも、ジョバンニは全く気にした様子もない。

「分かっているはずだ。ここでやらねば、みすみす連中に目的を達せられてしまうと」

「それはそうですがね……」

「止められぬことなど分かっているとも」

ジョバンニは表情を全く動かさない。

「だが、それでもやらねばならぬ。それこそが、我らがここにいる理由なのだからな」

「……」

その通りである。

ここにいる理由ははっきりしていた。

そのためにこそ、わざわざここに潜入して準備をしてきたのだから。

逆に言えば、今行動しないのなら、ここに潜入していた意味が全くなくなってしまう。

全く、という言葉は大げさであったとしても、大部分が消滅してしまうのは間違いなかった。

音に聞く召喚術師であったとしても、完全に防ぎきるのはなかなかに難しいはずである。

「……分かりました。では、そちらに任せます」

「うむ、任せよ。卿もしくじらぬようにな」

「分かっていますよ」

詳細や主語がだいぶはしょられた会話だったが、ジョバンニとマルチェロはそれこそ数十年という単位で共に仕事をしてきた。今更相手に確認をしたりせずともやり取りは可能だったりする。

そのため、彼らは最低限の認識合わせだけを済ませてそれぞれなすべきことをなすために去っていく。

彼らが持つ、彼ら自身の目的のために。

# 第八十七話　クエルタ聖教国へ海を越えて

遠くに見えてきたのは王都ウェネーフィクスだ。

「やっと戻って来られたなぁ……」

正直、森で試験をやっていた時間よりも、王都に帰還するための時間の方が長くかかった。

というのも、ロックドラゴンの死体を持ち帰っているからだ。

森は人里からかなり離れた場所にあるため、最寄りの人里までは時間がかかる。

ほぼ人がいないところは太一が膂力《りょりょく》にものを言わせて持ち上げ、速度を上げて帰ることにしたのだが、さすがにそれだとロックドラゴンの威容がすさまじ過ぎた。

ドラゴンなどまず普通に生きていたら見かけることはない生き物。

巨体を誇るドラゴンだ。死体になってなお、見る者に畏怖と恐怖を与えることは変わらない。

よって人里に近づくたびにゆっくりと移動させる必要があった。

人が来そうになったら、土の魔法で荷車を製作してそこにロックドラゴンの死体を載せた。

ロックドラゴンが巨大なため、荷車も必然的に大きいものになってしまう。

それを、ミィの助力を得て作り出したゴーレムにひかせて移動する、ということを繰り返した。

荷車に載せていることで、驚かれたものの、死体であることは一目で理解してもらえた。

獲物がこの大きさなので村や街には入れなかったが。

街に入っても置き場所がないし、ドラゴンの素材は稀少なので守るのも一苦労だ。

既に周囲にたくさんの人がいる村や街中よりも、近づいてくる者を察知すればいい夜営の方が守りやすい。

実際、ドラゴンの素材を狙った者の襲撃もあったりした。なかには貴族の代官が出張ってくることもあったのだが、それらももちろん跳ね除けた。

いくらでも王宮に訴えればいい、と譲らなかった。

このエリスティン魔法王国において、太一たちのことを調べずに出てくるような者など、恐るるに値しなかったのだ。

「はやく宿で寝たいわ」

森の中の仮眠よりははるかに休めているが、夜番があるので宿屋ほどの休息は取れていない。

まあ、太一の作る家があるので、ただのテントで寝るよりははるかに休めるのだが。

そして現在、太一たちの姿は王都ウェネーフィクスの目と鼻の先だ。

「夜営だと限度があるもんね」

それはその通りだ。

家を作っている太一自身も、さすがに街中の宿屋には敵わないと認めていた。

一番のとりえは頑丈さであり、それ以上のものは正直ないのが太一の作る家である。

ガラガラと車輪の音を響かせながら、荷車が進んでいく。

王都ウェネーフィクスに入ろうとする者。

王都から出て行こうとしている者。

彼ら彼女らの視線を集めながらも、荷車はついに王都の正門に到着した。

「お、お前たち、それは……」

衛兵もさすがにこれだけの魔物を見たことはなかったのだろう。

驚きに顔を染めていた。

「ああ。Aランク昇格試験でな。戦って倒した」

「そ、そうか……」

ロックドラゴンを引っ張って現れた太一たち。

この衛兵は太一たちのことを知っていたため、ロックドラゴンを倒したこと自体は驚かれていない。

こうして言葉が詰まり気味なのは、ロックドラゴンの威容に圧倒されているだけだ。

「入ってもいいか？」

「ああ、もちろんだ」

会話しながら仕事もこなしているので、ロックドラゴンが死んでいることはきちんと確認ができている。

許可が下りたので、太一、凛、ミューラは街に入り、一路ギルドに向かう。

街の中でも非常に注目を浴びるが、それは分かっていたことだったので気にしない。

しばらく歩いて、王都の中心部にあるギルドに到着した。

太一と凛は表でロックドラゴンの死体とともに待ち、ミューラだけがギルドに入っていく。

しばらくして、ミューラだけが戻ってきた。

「運ぶ場所聞いてきた？」

「ええ。裏手に回って、第四倉庫だそうよ」

ロックドラゴンの巨体を収められるだけのスペースがあるらしい。

さすがは王都のギルドといったところか。

その敷地の規模からして、エリステイン魔法王国一の大きさだけはある。

ゴトゴトと車輪の音を響かせて、ギルドの裏口から中に入る。

指示された第四倉庫の前には、ギルドマスター、ジャン・ブラック・ゲレーノと受付嬢が待っていた。

「こりゃまた、とんでもねぇもんを狩ってきたな」

エリステイン魔法王国全体を統括するギルドのマスターであるジャンではあるが、ロックドラゴンほどの大物の死体を見ることはないのだろう。

さすがにため息を漏らしていた。

逆にそれで済んでいる、ともいえる。

彼の横に立っている受付嬢は圧倒されていて言葉もないが。

「まあいい。よく帰ってきた。さっそく話をしよう」

ジャンが先導して倉庫に入っていく。彼に続き、太一たちも倉庫に入った。

この倉庫はロックドラゴンの巨体を飲み込むだけの規模と入り口を持っていた。

大型の魔物の搬入を想定しているということだ。

ジャンの指示に従い、まずはロックドラゴンを倉庫の真ん中に配置して荷車を解除した。

続いて狩ってきた魔物の討伐部位と魔石をその種類ごとに取り出し、最後に白夜草の花を置く。

魔物についてはAランク二体とBランク複数だ。Cランク以下の魔物の魔石については無造作に積み上げてしまう。

それぞれの素材の扱いだけで、太一たちにとってどのような価値があるのかが如実に見えている。

まあそれについても、ジャンはそんなものだろうなと思っていた。

太一たちの情報については、ジャンはエリスティンのギルドの頂点に立つだけあってある程度手に入っていた。

彼らの活躍や、稼いだであろう金額を考えると、Cランクの魔物で得られる金にあまり執着しないのも理解できる。

ましてや、今回は大物があるのだ。

「しかしこいつは、とんでもねぇな」

巨大なロックドラゴンの死体を見つめながら、ジャンは思わずといった表情でつぶやく。

これだけでも既に結果などは見えているのは火を見るより明らかだが、それはそれとして、これほどの魔物は滅多に見かけない大物ゆえに、ジャンの目を引いているのだ。

「本当に……ドラゴンなんて、私は初めて見ました」

受付嬢はその端正な顔に驚愕を目いっぱい張り付けて、そうもらすのが限界だった。

死んでいてなおこの迫力。これで生きていたらどうなってしまうことやら。

二人とも、太一たちが取り出したAランクの魔物や他の素材には目もくれない。

「……それで、あたしたちの試験はどうなのかしら？」

「ん？　ああ、そうだな。こんなもんを狩ってくるようなヤツを不合格になんてできやしないな」

「つまり、俺たちはAランクか？」

「ああ。条件的にも満たしているしな。こいつは間違いなくSランクの魔物だ。それに加えてAランクの魔物を二体に、Bランク以下の魔物については数えきれないほどだ」

ジャンはその積みあがった実績を眺める。

とんでもないものだ。これだけでも、過去滅多に現れない才能の持ち主として処理するところである。

「さらに採取すべきものも間違いなく採取できている。後でAランク冒険者の証を受け取れ。……おい」

「……はっ!?」

ギルドマスターの補佐である受付嬢は、ジャンに声をかけられて我に返った。

冒険者ギルドの受付嬢をやっていても、在籍中に一度も見ることもなさそうなドラゴンを前に放心してしまっていたのだ。

「聞いていたか？」

ドラゴンに目を奪われてしまうのも理解できるので、ジャンはあえてそれについては一切責めることなく、話を分かっているかだけを問うた。

「承知いたしました。ギルドランクの更新業務を実施しておきます」

「ああ、頼むぜ」

きちんと理解していたので問題はなかった。

この異常事態ではあったものの、こうして優秀だからこそジャンは彼女を選んだのだろう。

「ずいぶんとあっさりしてますね」

実質の冒険者最高ランクであるAランクへの昇進がこうしてあっさりと片付いたことに、凛は素直な感想を述べた。

「そういうお前も、そこまで感動しているようには思えねぇな？」

「ええ、そうね」

「そりゃそうだよな。一度お前たちはAランク昇格の打診を受けているはずだからな」

そしてその時は、経験不足で辞退した。

今回改めての打診であり、試験を受けて昇格と相成ったわけだ。

それがひとつ。

もうひとつは、太一はもちろん凛もミューラも、もともとAランクレベルの戦闘力を持っていたことと、もはや今はその枠に収まらないことが挙げられる。

「じゃあ、本題に行くか」

「本題？」

「おう」

太一は分かっていてオウム返しした。

ジャンも理解したうえで同意する。

「このロックドラゴンをどうするかだ」

それについては、王都への帰路の間にある程度決めていた。

「そこのAランク以下のやつは全部ギルドに売却するから、その金でこいつの解体をギルドに依頼する」

そのよどみない言葉に、あらかじめ決めていたことだと理解した。

「……ドラゴンともなれば解体費用もかさむとこだが、これだけあればまあ余裕で間に合うだろうな。だろ？」

「そうですね。差額は十分に出るはずです」

「だよな。じゃあそいつはこっちで引き受けた。解体したヤツはどうする？」

「それなのだけど……レミーアさんが研究に必要なら持っていくと思うから、こちらで引き取るものとギルドに売却するものは、別途交渉としたいわ」

「ああ、『落葉の』か。そいつはそうなるだろうな」

ジャンは特に不思議がることもなくうなずいた。

ギルドとしては、これだけの素材なので出来るだけ買い取りたい。

相当な利益になるはずだ。王都のギルドだけあって資金的に困っているわけではないが、金はあればあるだけいいというのはどこの世界でも変わらないのだから。

「まあ、ある程度売ってもらえるってんならこっちとしても不都合はねぇな」

「俺たちも何が必要になるかは分からないからな」

「解体にはどのくらいかかりそうですか？」

「大物だからなぁ。少し時間がかかるな。少なくとも数日じゃあ終わらねぇが、構わねぇか？」

「まあ、そうよね」

「ならちょうどいいかもな」

「そうだね」

さすがに太一たちの事情は王城から共有はされていないようだ。その辺の管理について、太一たちが国の判断にケチをつけるつもりはなかった。

そのかわり話すのは、今自分たちが置かれている状況と直近の予定についてである。

「私たち、しばらく所用でこの国から出ることになりそうなんです」

それは渡りに船、というやつだろう。

解体には時間がかかる。

太一たちもしばらくこの国にいない。

その間にお互いに仕事を済ませる、というのは、時間を無駄にしないという意味で悪くないことだった。

「なるほどな。じゃあ、お前たちが用を済ませている間にこっちで解体をしておくぜ」

「ええ、頼むわね」

「くれぐれも盗まれたりしないようにな」

おどけるように太一が言うと、ジャンもまた悪ガキのような笑みを浮かべた。

「任せろ。不届き者にはそれなりの目に遭ってもらうさ」

ロックドラゴンは、ギルドにも大きな利益をもたらすものだ。

それについての狼藉《ろうぜき》を働いて、軽い制裁では済まないだろう。

その後簡単に認識合わせを行い、太一たちはギルドを立ち去るのだった。

◇◆◇◆◇◆◇◆

クエルタ聖教国の聖都ギルグラッド。

赤煉瓦《れんが》の屋根が並ぶ街並みは非常に美しく、見栄えも良かった。

管理もきちんとされており、手が行き届かずぼろぼろになっている家屋は数少ない。

この街並みを管理するにはそれなりのお金がかかるものだが、それをまかないきれているのは、この国の特殊性がなせるわざだろう。

クエルタ聖教国は、国の規模としてはエリステイン魔法王国やシカトリス皇国、ガルゲン帝国と比べると小さい。

国土面積は、ざっくりとエリステイン魔法王国の三割ほど。

人口は約四〇〇万人と言われており、これまたエリステイン魔法王国に比べて五分の一となっている。

国力としては非常に小さいが、決してばかにできない影響力を誇っている。

この世界における最大宗教で、ライバルがいない一強状態。

つまり、喜捨や寄付などがレージャ教に完全に集中するのである。

特に寄付などは、貴族が大きな金額を毎年費やしている。

それがほぼ世界中ともなれば、いったいどれだけの額になるかは分かったものではない。

世界一強の宗教の総本山であること。

世界中からの富が最終的にここに集まってくること。

三大大国に比べて明らかに劣るのがクエルタ聖教国。

それでもないがしろにされないのは、そういった理由があるのだ。

「いやぁ、街並みが綺麗だな」

聖都に到着した太一たちが見たのは、赤煉瓦の屋根を被った街並みである。

当然のことながら、建てられてからそれなりの年月が経過しているため、風雨にさらされた外壁が色あせたり削られたりもしている。

「ここの街はとても頑丈なのよ。ちゃんと管理すれば、長い時間住むことができるのよ」

近くの家の壁を指差してミューラ。

その家も、建築後既に三〇〇年は軽く経過しており、補修をすればずっと住むことができる。

幾人もの家主に屋根を提供し、雨風から守り続けてきたのだ。

「年月が経つごとにメンテナンスにはコストが嵩《かさ》んでいきますが、それを賄えるだけの予算があるからこそですね」

とシャルロットが簡単に解説する。

国としての収入の絶対的な金額としては、エリステイン魔法王国の方がかなり上だ。だが、それを人口で割るとクエルタ聖教国の方が、一人当たりに使える金額がかなり多い。

だからこそ、この現状があるのだと言える。

Aランク昇格試験を受けたのが一週間前。

王都に帰還してからすぐに船に乗ってクエルタに向かった。

船に乗っていたのはだいたい二日前後。

海峡を渡りきり陸に上がってからは馬車で移動して聖都にたどり着いた。

ここにいるのは太一たちとシャルロット、アルセナだけではない。

さすがに王女と侯爵家の令嬢がいるため、それだけというわけにはいかなかった。

太一たちがいれば戦力としては十分である。

しかし体面というものがあり、供をつけないというのはありえない。

聖都にたどり着いた太一たちは、クエルタ聖教国が用意した宿屋に泊まり休息をとった。

一夜明けて今日、太一たちは……というよりシャルロットがクエルタ聖教国の教皇と面会するため大聖堂に向かっているところだ。

急いでいるわけではないためゆっくりと向かっている。

なのでじっくりと街並みを見ることができたわけだ。

「初めて来たな」

そう言ったのはレミーアである。

いくらでも行くことはできたはずだ。聞けばただ単純に縁がなかっただけだということらしい。

どうやら彼女の知的好奇心を満たすものはここにはなかったというのが理由のようだ。

レミーアは宗教にそこまで頼っていないというのもあるのだろう。

否定しているわけではない、彼女にとっては重要ではなかったというだけだ。

話している間に馬車は大聖堂に到着していた。

セント・エリストラト聖堂よりもはるかに大きく立派な聖堂だ。

先導する聖騎士の案内に従い馬車は進み入り口の手前で止まった。

「ようこそお越しくださいました。シャルロット王女殿下、そしてアルセナ大司教」

そこで待っていたのは初老の男と、若い男。

アルセナと同じく大司教であると名乗った初老の彼の案内にしたがってシャルロットとアルセナは奥に向かう。

ふたりに続くのは専属の護衛騎士であるテスランとメイドのティルメア、そして太一たちである。

王国騎士たちは若い男の案内によって別の部屋に通されることになっている。

彼もまた司教でありそれなりに地位がある男だ。

シャルロットとアルセナは一礼はしたものの、ひざまずきはしなかった。

もちろん教皇には権威があるし尊敬を集める存在であるが、それを他者に対して誇ることを良しとしないのがレージャ教なので、他者がひざまずくことを必要としないのである。

基本的には頭を下げるだけで十分なのだ。

本来なら、ここで他愛のない雑談をある程度こなしてから本題に入るところだ。

だが、今回はそうはならなかった。

「そなたらの目的は親書にて把握しておる。我が名において許可するゆえ、自由になされるがよい」

ペドロはすぐに本題に入って、即許可を出した。

「お心遣い助かります」

あまりに早い話の展開。

動揺を隠して返答できたシャルロットである。

ペドロの性格上こうなることは分かっていたからだ。

話が早いのは非常にありがたいことだ。

こういう場ではある程度長い話をするのが慣習なのだが、ペドロに限ってはそれは当てはまらない。

分かっているので対応はできるのだが、慣れるわけではない。

とはいえここで長い時間をかけずに済んだ、ともいえる。

そういうことなら、ささっとここを切り上げてしまっても良いだろうか。

まるでそう考えていたのを読んでいたかのように、ペドロは立ち上がる。

「そちらも忙しかろう。クエルタ聖教国での目的が無事に達せられることを、我は願っておるぞ」

謁見はこれで終わるようだ。

「はい。猊下《げいか》のご威光があれば、より早く目標は達せられることでしょう」

「うむうむ」

あっという間であった。

むしろ広大な大聖堂に入ってから、この講堂にたどり着くまでが長かったくらいだ。

「では、我はこれで失礼する。励むがよろしい」

「ありがとうございます」

再び頭を下げるシャルロット。

ペドロは立ち上がり、講堂を出て行った。

どうやらこれで謁見は終わりのようだ。

ここへの案内を担当した司教に再び案内されて講堂を出る。

「それでは、しばらくこちらでお待ちください」

司教に案内されたのは応接室だ。

高貴な賓客に待機してもらうための部屋だけあり、王城に匹敵するだけの格である。

派手ではないがすべてのものの質が良く、長年にわたって積み重ねた歴史を感じさせる部屋だった。

案内をした司教は、しばらくしてまたこちらに戻ってきた。

「お待たせしました。こちら、教皇猊下《げいか》の信任状でございます」

ペドロが「我が名において」と言ったからには、それを証明するものが必要になるということだろう。

教皇ペドロは面倒くさがりだ。

シャルロットたちがいつまでも国内にいると、それに気を遣うという仕事が増えるため面倒に思ったのだろう。

それならば、全力で支援して用事をつつがなく済ませてもらい、早々に帰国してもらった方が面倒が少なくていい。

ペドロの内心を、シャルロットとアルセナはそう予想し、それは正確に当たっていた。

「ありがとうございます。猊下には必ず完遂するとお伝えください」

「はい。ご伝言、確かにお預かりいたしました。本日はどうぞこちらでお休みになられてくださいませ」

この信任状には非常に大きな効果がある。

エリスティン魔法王国でいえば、国王ジルマールが、自分の命令を代弁する徽章《きしょう》を渡したに等しい。

一般人相手はまだしも、高位聖職者相手になればなるほど効果を発揮するだろう。

これをもってすれば、太一たちの目的達成には大きな力になるに違いない。

「ふむ。話が早くて助かったな。だらだらとせずに済んだのは非常に大きい」

出された紅茶に舌鼓を打ちながらレミーアが言う。

「あんなにさくっと切り上げられるとは思わなかったな。ああいう人って珍しいんじゃないか？」

「そうね。多分、教皇は非常に珍しい例だと思うわ」

そう言いつつシャルロットを見やる。

教皇ペドロのことなど知っている人間の方が少ないのだから、知りうる立場である王族に確認するのは正しい。

「おっしゃる通り、教皇猊下だけです。他の方々は、猊下のようなご対応はなさいませんから」

「そうですね。相変わらずでしたね」

それぞれ公務、組織の人間として幾度か会ったことがあるシャルロットとアルセナが、ミューラの言葉を肯定した。

なるほど、そういうこともあるのだろう。

それを他国の人間に対して見せるのはどうかと思うのだが、シャルロットとアルセナがそれを当然と受け入れているあたり、もはやどの国の上層部も、ペドロ教皇があいった性格であると理解しているのだろう。

明日はドナゴ火山があるパリストールに向かって移動だ。長距離移動の連続で疲労が溜まっている。

今日は柔らかいベッドでゆっくりと休み、明日へと備えるのが大切だ。

◇◆◇◆◇◆◇◆

聖都ギルグラッドから馬車で北上すること一日。

そこに、太一たちが目的とするドナゴ火山がある。

ドナゴ火山はレージャ教にとって重要な霊峰だ。

かつてこの山において厳しい修行を経た聖職者が、あまりに過酷な修行を乗り越えたことで天啓が下り、次の教皇に選ばれた、という伝説がある。

そのことからドナゴ火山はレージャ教における神聖な山とされており、入山は許可制となっていた。

許可を出すのは、ドナゴ火山の麓《ふもと》にある衛星都市パリストールの領主である。

街は聖都ギルグラッドと雰囲気はほぼ同じだ。違うのは規模だけである。

パリストールの規模はアズパイアよりも一回りほど小さい程度で、この世界においては十分に大きな都市であると言えるだろう。

まずは領主への挨拶《あいさつ》だ。

先方にも体面というものがある。

特に表向きは王族のシャルロットが率いる一行なので、領主に挨拶しないというのは先方はもちろん、自分自身のメンツをも潰してしまう。

シャルロットとしても、自身に流れる王族の血の力を存分に使うつもりでクエルタ聖教国に来ているので、メンツを潰すというのは自分で自分が持つ武器を錆《さ》びさせることになる。

拠点となる宿屋を確保しがてら、先ぶれを領主に行かせる。

宿はパリストールでも最上級の高級宿だ。

ウェネーフィクスの王都、ギルグラッドにある最高級宿に比べれば大体ワンランク落ちるものの、ここも王族が泊まるのに十分な格を誇っている。

しばらくして先ぶれが帰還した。

パリストールを治めるのは、大司教ジョバンニ・ブルゴーニュ。

クエルタ聖教国では聖職者が貴族と領主を兼ねている。

「分かりました。では明日、伺うとしましょう」

先ぶれに出した騎士は、明日来てほしい、という伝言を預かってきた。

王族を迎え入れるのに準備するのだろう。

さすがにすぐ出迎えて準備が不足してしまうのは避けなければならない。

太一が貴族の立場だったら、きっと同じようにするだろうから。

「そういうことですので、本日は皆さま、どうぞお休みください」

「うむ、では休ませてもらうとしよう」

シャルロットとアルセナはそれぞれの部屋へ。

太一たちにも一人一室が割り当てられている。

太一もまた、割り当てられた部屋に入った。

「……」

飲み物を用意する。

淹《い》れるのはお茶だ。

専属のメイドなどとは比べるべくもない味だが、自分一人が飲む分にはこれで十分。

この街に来てから感じている、懐かしい気配。

今感じ始めたわけではない。

既に数時間が経過しているが、街に入ってからずっとなのだ。

その正体、太一ならば知ろうと思えばすぐにでも知ることができる。

簡単だ、シルフィに頼めばいいのだから。

けれどもそれはしていない。

こちらに接触する気があるのなら、早晩何かしらのアクションがあるだろう。

ただ、太一の側から接触するのははばかられる。

どうやら、潜んでいる様子だからだ。

アクションがある可能性を知ることができたのは、街に入った当初は気にならなかったのが、今はあわただしく動いている様子だからだ。

「誰なんだろうなぁ。けどこの懐かしいというか、知ってる感じがする気配は……」

さすがに同じ街にいるというだけで誰かまでは分からない。

分かるのは、人や動物を含む生命がどう動いているのか、その気配にどんな感想を抱くかだけだ。

言葉にすると簡単だが、太一がやっていることは街のほぼ七割から八割をカバーする広域探知。それも「どこに誰かがいる」だけではなく、それに対する印象まで情報として得られるような。

太一も、シルフィら精霊たちの力に徐々に慣れ親しんでいる。

召喚術師として契約する前と比べれば、さまざまな能力が向上していた。

当然精霊に追いつくなどありえないことではあるが、それでも太一自身の能力が上がるのは望ましいことだ。

その上がった感覚が、懐かしい気配を感じているのだ。

お茶を飲む。

「うぇ、渋い」

これで十分だ、などとうそぶいたが、どうやら失敗したらしい。

少々度が過ぎる渋さだ。

飲めないほどではないので飲むが、まだティーポットには二杯分くらい入っている。

「宝の持ち腐れだな、こいつは」

どうせなら、旨く淹《い》れられる人に淹れてもらいたい。

テーブルの上にある鈴を鳴らせばこの宿の従業員がやってきて身の回りのことをやってくれるらしい。

だが人払いして考え事をする時に呼びたいと思うものではない。

人にかしずかれ、使うことが当たり前の人ならば、そばに誰がいようとも気が散ったりすることは少ないという。

シャルロットはもちろん、アルセナとて、着替えすらも自分でやることはない。

着替えを自分でやってしまっては、着替えを担当しているメイドの仕事を奪ってしまうからだ。

それはともかく。

太一はじっと外を見つめた。

気配の居場所はそう遠い場所ではない。

すぐそばというわけではないが、向かおうと思えば一五分以内だろう。

果たしていつ動くだろうか。

太一の予想では、領主と会った後、もしくは具体的に行動を起こした後だ。

接触する気があるのならば、すぐにこちらに来ているだろうからだ。

「っていうか、動くならほぼその二択以外にねえよな……」

言ってから自嘲してしまった。

とある事件の犯人の予想を尋ねられた時に、二〇代から六〇代の間、と答えるようなものだからだ。

複数の可能性を同時にピックアップすれば、的中する可能性が高いのは当然。

「よし、せっかくだから当ててみるか。俺たちが具体的に行動を起こした後、だな」

その予想の根拠としては、今潜んでいることが挙げられる。

かなり慎重な潜伏だ。

もちろん、当局にばれるわけにはいかないからだろう。

この場合の当局というのは領主などになる。

領主との面会日は互いに神経をとがらせているのは間違いない。

シャルロットに何かがあると当然領主は困る。

何かが起きてしまうとシャルロットも困る。

領主は自分のメンツを潰してしまうし、シャルロットも相手のメンツを潰したという傷を負う。

もちろん双方ともそれでおとなしく引き下がるわけはない。

転んでもただでは起きぬ、の言葉よろしく、それを起点に得られる利益をきちんとかすめ取るだろう。

ぬるい政治の世界を渡ってはいないということだが、それにしたってそもそもなくて済むならその方がいいに決まっている。

それで得られる利益がまず使われる先は、出来た傷を埋めるためだからだ。

ここまで考えた太一だが、これらの知識は当然自分だけで得られた思考ではない。

王侯貴族と幾度となく面識を持ったり、レミーアから色々と教授を受けたりした結果である。

もっとも、太一の王侯貴族の思考トレース力は、凛とミューラに比べればそう高いものではない。

そこは正直地頭の問題でもあり、一朝一夕でどうにかなるものではないので仕方がないところもある。

もっとも、太一の頭の回転は別に遅くはないので、使い方の問題だろう。

「ま、こっちから突っつくつもりがなければ、向こうの出方に任せるしかないんだけどな」

そう、気になるならば太一の方から動けばいいのだ。

けれども動かないと決めた。

理由は前述したとおりである。

懐かしい気配、覚えがある気配。

気にならないといえばウソになる。

迂遠《うえん》な言い方をせずに直接的に表現すれば、とても気になる。

が、それはそれだ。

「俺は俺で、遊んでる場合じゃないからな」

そう。

ここに来たのは、火の精霊と契約するためだ。

シルフィやミィ、ディーネと同格の四大精霊の一柱。

サラマンダーがドナゴ火山を根城にしているというのは、彼女たちから教えてもらったのだ。

四大精霊の一柱が根城にしているからこそクエルタ聖教国においてドナゴ火山が霊峰扱いされている、というのは納得ができる。

窓から見えるドナゴ火山の山頂からは、今も噴煙が立ち上っている。

噴火するもしないもサラマンダーの指先加減ひとつだ。

これから契約のために会いに行くのだが、どうやらすんなりと契約できそうにはない、とはシルフィたちの弁。

山を眺めていると、『はやく来い』と言われているような気がした。

◇◆◇◆◇◆◇◆

夜が明けて。

太一たちは領主ジョバンニ・ブルゴーニュと面会していた。

「ようこそいらっしゃいました、シャルロット王女殿下。アルセナ大司教も」

大男の大司教ジョバンニは、愛想のいい笑みを浮かべて太一たちを出迎えていた。

だいぶ白髪が混じった金髪と顔に刻み込まれた皺《しわ》は、経験してきた苦労を物語る。

「突然の訪問、失礼いたします」

「一日お待たせして申し訳ございませぬ」

「気にする必要はありませんよ」

貴族に相当するが、貴族ではない。

そのため言葉こそ丁寧なものの、シャルロットは自分が格上であるという態度を前面に出していた。

王族と一聖職者。

お互いに立場を弁えねばならない。

教皇の時と同様の理由だ。

聖職者を王族が敬う姿勢を見せてしまうと、そうさせた聖職者側も、そうしてしまった王族側も傷を負ってしまう。

「ご配慮恐れ入ります。して、今回のご用事は……？」

「はい。まずはこちらをご覧ください」

テスランが書簡をテーブルに置く。

誰からの書簡なのか、ジョバンニは当然一目で理解した。

「拝見します」

ジョバンニは書簡をあけて読む。

そこに書かれていたのは、簡単に言えば「シャルロットたちに協力せよ」だ。

「なるほど、承知いたしました。して、どのようなご用件でこの街に？」

「ええ。ドナゴ火山に用があるのです。この街で管理していると伺いましたので」

ドナゴ火山はレージャ教における霊峰。

ジョバンニとしては、許可を出すという結論は既に出している。

しかし、霊峰に用があると言われて、その内容について尋ねずに許可を出すような真似はできない。

「これはお伺いせねばならないのですが、ドナゴ火山で何をなさるのです？」

「それについては、陛下よりみだりに口外してはならぬ、と命を受けておりますので……。そちらの彼が関係する、とだけお伝えしておきましょう」

「そうですか」

もちろんこれだけではジョバンニに対して不義理である。話せはしないが、それでも、だ。

「ですが、教皇猊下《げいか》にはある程度の事情はお話ししております」

「さようですか、それならば仕方ありませんな」

シャルロットの話を聞いたジョバンニは納得した様子でうなずく。大司教では知りえず、もっと役職が上の者にのみ共有される情報というものはいくらでもある。かくいうジョバンニも、自分より下の役職には話せないことをいくつも知っているのだから。

納得しながらも、ジョバンニは申し訳なさそうな表情を浮かべた。

「……何かあるのですね？」

「ええ。申し訳ないのですが、今すぐ、というわけにはいかないのです」

ジョバンニは理由を説明する。

「ご承知の通り、ドナゴ火山は我らにとっては神聖な地、霊峰でございます」

「存じておりますわ」

「現在は重要な儀典に関わる業務を行っておりまして……」

「そうですか」

シャルロットはうなずいた。

さすがにそれを邪魔するわけにはいかない。

しかし、ここでいつまでも足止めを食らい続けるわけにもいかない。

「それでは、いつまで待てばよろしいですか？」

具体的な期間の提示を求める。

「そうですな……」

ジョバンニは理解した。

待つ意志はあるが、長いこと待たせるわけにはいかないと。

貴族など高貴な生まれの者は直接的な言い回しをしないのが常だが、今のシャルロットは直接的な言葉をあえて使用している。

王族である自身の立場と、教皇からの書簡。

その二つを盾に迫ってきているのだ。

ジョバンニとしては断ることはできない。

困ったような表情を顔にはりつけて、シャルロットにこたえることにした。

「すぐに中断させることはできません。二日間、お待ちください」

二日間。

それが、ひねり出した限界だった。

「なるほど、では三日後ですね……分かりました、待ちましょう」

シャルロットは、ジョバンニの言葉に一切の注文を付けずにそれを受け入れた。

交渉がない代わりに、ジョバンニは二日間という猶予を変更できなくなってしまった。

もしシャルロットが難色を示した場合、交渉になったとしたら「もっと短く」「実際はもっとかかるところを二日間にした」などのやり取りが発生していただろう。

「それでは、三日後にまたお会いしましょう」

「ええ……お待ちしております」

話はこれで終わりだ。

後は形式的な挨拶《あいさつ》をして屋敷を立ち去るだけである。

ジョバンニの屋敷を出たシャルロット一行。

宿屋に戻るための馬車に全員が乗り込むと、即座に出発した。

「予定通りですね」

宿までは馬車で十数分。

確保してあるＶＩＰ専用ルームに到着し、メイドのティルメアが淹《い》れたお茶を飲んで一息ついたシャルロットが言う。

二日待てば行動に移せる。

大きな前進だ。

「うむ。お前のおかげだ」

レミーアの言葉は掛け値なしの本音だ。

今回のクエルタ聖教国での一連の行動は、シャルロットの王族としての権威がなければもっと面倒なことになっていただろう、

「当然のことです」

彼女にとっては、今回の助力は特別待遇でもなんでもない、普通なら特別待遇だが、太一たちへの助力となれば話は全く変わってくるのだ。

「二日後か。それまではしっかりと準備を整えておくべきだな、タイチよ」

「ああ。そうするよ」

太一は素直にうなずくと、続いて五人を見渡した。

レミーア、凛、ミューラ。そしてシャルロット、アルセナの順で。

「……ああ、今朝、気になる気配がある、って言ってたわね」

太一が感じていた懐かしい気配。

何者かは分からないが、その気配があわただしく動いていることは理解している。

もちろんそれを自分の胸に秘めるようなことはせず、全員に共有していた。

「太一的には、動くのは火山に行った後の予想だったよね？」

「凛は、火山に行く前、だったな？」

正直どちらのタイミングで動いても違和感はないので、フィフティーフィフティーの選択肢だ。

今もまだいろいろと細かく動いていることを考えると、どうやら太一の予想は外れていそうだった。

ちなみに、太一と同じ予想なのはミューラ、シャルロットで、凛と同じ予想なのは、レミーアとアルセナだ。

行動を起こすならばそれでいい。

そもそも起こさない可能性もある。それならそれでいい。

簡単な遊びの賭《か》けになっていた。

「んで、もし俺の予想が外れてたら、今夜にでも動いてきそうなんだが」

確かにそうだ。

動くならば、ジョバンニと正式に面会した直後である今がもっとも適切だ。

何かしらこちらに用事があるのならば、実際に動き出す前に接触した方がいい、という凛の予想。

もしくは、ジョバンニが警戒している今は避けるのではないか、という太一の予想。

まあ、接触してくる原因次第でもあるだろうが。

「そうですね。そちらについては、わたくしも考慮にいれておきましょう」

「そうしてくれ。私たちもその可能性についてちゃんと認識しておこう」

果たして、動くのは今か。

それとも今は動かないのか。

そもそも太一がただ「懐かしい」と感じただけで、実際は深読みしすぎの杞憂《きゆう》だったのか。

そのどれでも構わない。

ただ、接触してくるのならば、何かしらの面倒ごとは起きるだろう。

その時はその時で甘受せねばなるまい。

それが自分たちの害になるのならば、なおさらだ。

◇◆◇◆◇◆◇◆

「いやはや、素晴らしいですね」

屋敷にある一室。貴族に相当するジョバンニの屋敷にある一室としては飾り気が全くない部屋。

そこは使用人すら入って来られない場所。

ジョバンニが、マルチェロと会う時にだけ使う部屋だ。

屋敷の主であるジョバンニが座るソファの対面にいるマルチェロはうなずいた。

丸二日間の猶予をつくった。

そうジョバンニから聞いたマルチェロは満足げである。

十分な時間を得られたからだ。ベストではないがベターではあった。

これだけの時間があれば、余裕をもって動くことができる。

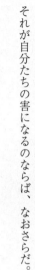

準備自体は完璧ではない。まだまだ詰めるべき細部はいくつも残っている。

しかし大枠は既に整っており、計画の前倒し実行自体は可能な状態にはなっている。

「とはいえ、細かい部分の詰めは甘い。その穴は現場指揮でどうにかする必要がある」

「もちろんそれは承知の上です。そこはどうにかしします。覚悟はよろしいですね？」

「無論だ。卿こそしくじってもらっては困るぞ」

ジョバンニが鋭い視線でマルチェロを見据える。

もともとの迫力もあいまって、マルチェロをにらみつけているようにも見えるのだが、ジョバンニにはそのつもりはない。

そしてマルチェロは、実際に威圧されながらにらみつけられても気にするような性質《たち》ではない。

「ご心配なく。あなたが仕事をする限り、私の方は委細問題なく」

「ならばよい。では、それぞれ仕事をするとしよう」

「ええ。遊んでいられる余裕はありませんのでね」

「その通りだ」

二日という時間は、睡眠や食事など、生きるための最低限な活動以外をすべて計画のために費やせば十分に間に合い、多少余るといったところ。

いくつかミスを犯す可能性を考慮に入れると、多少余っている時間がある現状でギリギりだろう。

それで間に合うのならば、十分といえる。

「……暴走という結果には、終わりたくないものだ」

ふとジョバンニがそうもらした。

「そうですね。最悪そうせざるを得ないのは分かっていますし、覚悟もできていますが……」

暴走させてしまうと、かけたコストが無駄になるばかりか、せっかくの重要な足掛かりも失う。

大きなダメージは負わせられるものの、こちら側が支払う対価も非常に大きなものになってしまうのだ。

だからこそ、暴走をためらわせるための仕掛けには細心の注意を払い、分かりやすい形にもした。

迂闊《うかつ》に手は出せない、と二の足を踏んでくれれば十分だ。

「さて、私は一足先に行きます」

「こちらは任せてもらおう」

「お任せします。それでは」

「うむ」

マルチェロは立ち上がり、壁の隠し通路を開けて出て行った。

一人残ったジョバンニは、相変わらず腕を組んでソファに腰かけ、しかめっ面で虚空を見つめていた。

ただそうしているわけではない。

頭では次に何をすべきか、そしてその次は、と動きを改めてトレースしている。

一手のミスならどうにかなるが、二手目のミスが起きると、おそらく二日間での発動は不可能になる。

急いで動くこともできるが、それでしくじってしまっては、いきなり余裕を食いつぶすことになってしまう。

それに、この部屋ならば誰にも邪魔されずにじっくりと考えごとをすることができる。

そもそも、ここはジョバンニとマルチェロが認識を共有するための場所であり、最後まで露見するわけにはいかない。

立ち入りにジョバンニの許可が必要な場所であり、ここに入れるのはジョバンニの部下でも、彼の目的を知っている腹心と直属の暗部の一握りのみだ。

「……始めるか」

立ち上がり歩き出す。

コツコツと硬い靴底が石畳の床を叩く。

マルチェロが消えた壁とは別の壁にて、かけられているランプの台座をくるりと直角に回す。

すると壁が開く。

通じているのはジョバンニの私室だ。その隣に設けられている執務室に入った。

仕事をするのならば、やはりここが効率いい。

ジョバンニは座り慣れたこだわりの椅子に座り、必要な仕事を片付けていくのだった。

◇◆◇◆◇◆◇◆

「……ふん、よく考えたものだな」

「どうかしたかい？」

とある映像を見ていたアルガティが思わず漏らした言葉に、横たわって酒を楽しんでいたシェイドが応じる。

「はっ。クエルタの例の連中ですが」

「ああ、彼らだね」

アルガティがどの映像を見ていたのか、シェイドはすぐに思い出した。

彼女のもとに入ってくる情報は膨大だ。

それこそ、普通の人間では一瞬で脳神経が焼き切れ、廃人になってしまうような膨大さ。

リラックスして酒を楽しんでいる今この瞬間もそれは変わらない。

重要度と緊急性を天秤にかけて処理すべきものは処理を進めている。

休んでいない時は、すべての情報をいくつも同時に処理するというマルチタスクを行っているところなので、これでも彼女としては十分休息をとっているところである。

「ついに彼らが準備してきたもののお披露目となるわけか」

「仰せの通りかと」

「そうか。無駄にならなくてよかったね」

「……はっ」

そう。

これで無駄になってしまったら、わざわざ泳がせた意味がないというもの。

だからこそ、彼らはこうして姿が露呈しているにもかかわらず、未だに無事なのだ。

シェイドのお眼鏡にかなわなかった場合、早晩処理が行われ、今頃この世には存在していなかったのは間違いない。

それでも今こうして生きているということは、シェイドから「太一たちの前に立ちふさがるに足る」と認められた証である。

「実に面白いことを考えている。是非一度見てみたいと思っていたからね」

それは間違いなくシェイドの本音だ。

この世界にはない術式形態で発動される術。

計画段階から知っていたのだから、どのような術なのかは既に把握している。

ただし、術式を知っていても、発動するところを実際に見るのと見ないのとでは違う。

ある意味では、自分の世界を舞台に実験させるようなものだが、相手の手の内を知ることができるという意味ではマイナス要素だけではない。

太一にも宣言した通り、シェイドはこの世界に生きる生き物、そのすべてに平等に犠牲を強いている。

最終的にアルティアを守ることができれば、必然的に生き残ったすべての種を保全できる、という考え方。

特定の種にのみ犠牲を強いないのはそういうことだ。

シェイドはこの世界を守らなければならない。

人間だけが生き残っていればいい、精霊だけが残ってくれればいい、魔物さえ生きていていい、といったことはありえない。

どの種族も欠けてはならないのだから。

シェイドにとって世界を守るとはそういうことだ。

「サラマンダーにもシェイド様のお考えは伝達しております」

「そうかい？」

アルガティが伝えていたようだ。

そのくらいは、この優秀な部下ならば抜かりはないとシェイドは分かっていたので驚きはない。

でなければ、わざわざ『右腕』などと口に出したりはしない。

あの辺りはサラマンダーの縄張りといってもいい。

自分の縄張りで好き勝手するのは許さないだろうが、泳がせるのがシェイドの意志となれば話は別だった。

サラマンダーとしては自分の縄張りうんぬんよりもシェイドの考えを尊重するのは当然だった。

「なら、任せようかな」

シェイドは問題ないと思っている。

大体の戦力分布は把握しているからだ。

むしろ、実戦訓練としては十分優秀な手ごわい敵である。

ポカをいくつも積み重ねれば分からないが、三人にはレミーアという導く者がついている。

彼女は人間という枠ではトップクラスで優秀な指導者だ。

それに、太一たちも様々な経験を経た今、そんなミスをそうそうやらかすような初心者の域はとっくに脱している。

「分かりませんぞ。人間ですからな、気を付けていてもミスというのは起こりうるものです」

「ふふふ、それは体験談かい？」

「遥か昔の話です、シェイド様」

「ちょっとからかっただけだよ」

「お戯れを」

シェイドに向かい、アルガティが困った様子で言う。

シェイドは酒が入ったグラスを揺らして応えた。

「……レージャ教の裏切り者と教唆した者も、これでだいぶおとなしくなるでしょう」

「そうだね。それは期待しよう。委細は任せていたけれど、どうだい？」

「はっ。現在の教皇は通常業務はそつなくこなす男ですが、非常時には不安がございます」

「それで？」

アルガティはそんな不安をあおるような情報だけを出して終わり、という男ではない。

当然続きがあるものと、シェイドは先を促す。

当然続きを用意してあるアルガティは、それを受けて続きを話す。

「ですので、召喚術師の少年たちには、シェイド様の手の者をつけています」

「ふうん？」

シェイドはしばらくぼんやりとコップの酒を眺めて、はたと何かを思い出したように視線をアルガティに向ける。

「ああ……もしかして、彼らがこの世界に来た当初のかい？」

「思い出していただけましたか」

それは彼らも本望でしょう。

アルガティはそう言った。

「ふむ……」

エリステインの王都ウェネーフィクスで、彼らは太一と一応の決着をつけ、捕らえられたはずだ。

十分に役目を果たしてくれた。

その後は一切思い出すこともなかったのだが、まさかここで出てくるとは。

アルガティに任せていたために一切気にしていなかったので、ここで初めて知らされた。

驚きはしなかったが、予想外ではあった。

「それなら、少し手を貸してあげなさい」

「そうおっしゃられると思い、我が裁量と判断において援助を実施いたしました」

「さすが、抜かりないね、アルガティ。じゃあ、引き続き任せよう」

「ありがたき幸せ」

頭を下げるアルガティを一瞥し、シェイドはグラスを宙に放り投げる。

まだ酒は入っていたが、一滴たりともこぼれることはない。

そのグラスは闇に呑まれ、後には何も残っていなかった。

# 第二十八章 サラマンダーの試練と、ジョバンニの企み

# 第八十八話　因縁？　の再会

結論から言うと、予想を的中させたのは凛、レミーア、アルセナだった。

深夜、訪ねてきた者たちがいたのだ。

普通の宿ならばよほど緊急性や危険性がない限り訪問者を受け入れることはないのだが、ここは王侯貴族が宿泊するに足る格を持つ宿だ。

チップをはずめば、普通の宿では許されないことも普通に対応してもらえる。

早ければ今夜にも誰かが来るかもしれない、という予想をしていたため、宿にあらかじめ伝えておいたのである。

そしてその予想は当たったのだ。

今、太一たちの前には懐かしい三人が座っている。

太一と共にいるのはいつもの仲間。

しかし、今回メインで応対するのは太一ではない。

当たり前だ。対外的にここでもっとも地位が高いのはシャルロットなのだから。

「なるほど、タイチさんが懐かしい、と言ったのはあなたがただったのですね」

「お久しぶりでございます、殿下」

そうシャルロットに応じた。

「ええ、お久しぶりですね、ロドラ枢機卿《すうききょう》」

と、そこまで告げて。

「いえ、こう申し上げるべきですか。元枢機卿」

と、笑顔で柔らかい物腰と口調のまま、厳しい言葉を投げかける。

穏やかなシャルロットだが、イコール甘いわけではないのだから。

ロドラはそれを表情を変えずに受け止めた。

「そうですな。いまや、レージャ教に居場所はありませんから」

そこで言葉を止め、ロドラは首を振った。

「私の方から手放した、というのが正しいでしょう」

「そうですか。そういえば、政治的な取引で釈放した、と報告を受けたことがありましたね」

シャルロットは、彼の隣に座っているカシムと、壁に寄りかかっているグラミに目を向けた。

二人を政治的取引で釈放までこぎつけた者こそ、何を隠そうロドラであった。

シャルロットとしては、エリステインが下した釈放の判断に思うところはないでもなかったが、その程度のことはどの国でも行われているし、決定権が彼女にあるわけでもない。

ロドラとしてはその際に無理をしたということでレージャ教での立場が悪くなり維持することが難しくなった。

最終的には自分から手放し、組織を脱するという決断をしたわけだ。

ロドラは簡潔にそう説明をした。

その情報はシャルロットも聞いていたので特に不思議に思う部分はなかった。

「分かりました。それで、本日はどのようなご用件なのですか」

なので、そのことについて言及する代わりにそう尋ねることで、問題ないことを示した。

「こんな時間に訪ねてくるということは、重要かつ緊急を要する案件なのでしょう？」

ロドラも高位聖職者として貴族などと接したこともある関係上、シャルロットの意図を読み取ることには慣れたもの。

そこに言及しないから、隠し事はしないように、ということだ。

太一から、あわただしく動いているというのは聞いていた。

そして、ジョバンニと会談した直後。

動くなら二つのタイミングだろうと思われたうちの一つで動いてきたのだ。

「さようです」

ロドラは告げる。

この街で行われている不穏な動きについて。

なかばレジスタンス状態だったレージャ教の裏組織。

そもそも、ロドラやカシムは、レージャ教に属しながらシェイドの手足となって動く実働部隊であると。

今もまだレージャ教に属しながらシェイドの意を汲んで動く者たちもいる一方、ロドラのように、レージャ教から離れながらも暗躍を継続している者もいる。

組織にいるのは様々な融通が効く一方、動きが制限されることもあるというデメリットもある。

組織のしがらみを取っ払えば、その分動きやすくはなる。もっとも、当然組織の力は使えなくなるのだが。

「……そういえば、裏組織には裏切り者がいるんだったな」

シェイドの言葉を思い出す太一。

一枚岩ではない、と彼女は嘆いていた。

実際に彼女の力と存在感をまともに味わった太一としては、それさえも利用してしまうのではないか、と思わなくもない。

それはそれとして、ロドラたちはシェイドの部下、というか末端であり、今日はその立場でここにやってきたのだと。

「ところで、元気してるかよ、カシム」

「ええ。おかげ様で、すっかり腕の痛みはなくなりましたよ」

「そいつは何よりだ」

皮肉のきいた会話をする太一とカシム。

二人には浅からぬ因縁があった。

太一が打ち破って一応のケリはついてはいるが、それで割り切れるのならば人間誰も苦労はしないのである。

「昔を懐かしむのは後日にしましょう。今日は、伝えるべきことがあるからこそここに来たのです」

「ふうん？　じゃあ、聞かせてもらおうかな」

シャルロットとロドラが会話している間に割り込むのは本来なら無礼だし非常識とそしられてもおかしくない行為だ。

だが、ここにそれをとがめるような者はいなかった。

公式の会談という扱いをすればお互いに困るのだから、細かいお約束は守らない方がいい。

そして奇しくも、太一とカシムのやり取りが、話を先に進めるきっかけになった。

「そこの少年の言う通り、今日の本当の目的を果たすといたしましょう」

自然に会話をインターセプトしたロドラは、シャルロットを見据えた。

「まずこれをお伝えしておきましょう。アルガティ様の言葉を受けて、ここにいることを」

「……！」

シャルロットは思わず居住まいをただした。

アルガティは、知っての通りシェイドの右腕、幹部と言ってもいい。

その実力は折り紙付きであり、太一が二柱と契約してようやく退けた相手だ。

時間帯は昼であり、彼はすべての実力を発揮できてはいなかった。

夜ならば、そして満月ならばどれだけの強さになるのか、実際に戦った太一でさえも想像もつかない。

「そこの少年がサラマンダーと契約するためにここを訪れたことはうかがっています」

誰から聞いたか。

アルガティであろう。

話の文脈から、それを読み取るのは難しい話ではなかった。

「そして、皆さんの来訪に合わせて何かしらの画策があることが分かっています」

そういうこともあるだろうな、と思っていた。

ここには、シェイド陣営と、いわば反シェイド陣営がいる土地だ。

反シェイド陣営は、セルティア陣営ともいえるだろう。

それらとアルティア陣営が相争っている土地。

クエルタ聖教国とはそういうところなのだ。

アルティア……つまりシェイドが満を持して用意した一手が太一だ。

その太一が更なる力を手に入れるためには、遅かれ早かれこの国に来る必要があった。

それが分かっているのなら、妨害を行うのは誰にだって予想できた。

太一だってそうする。

凛だってそうする。

ミューラだってレミーアだって、もしも自分たちがセルティア側だったらと考えたら、この土地で太一がサラマンダーと契約するのを妨害するための策を講じるに決まっている。

「ふふふ、分かっておられたようですね」

「分からいでか」

レミーアが軽く笑ってそう反論すると、ロドラはその通りだとうなずいた。

「アルガティ様からのご協力はいただいております」

「なるほど。心強いことですね」

シャルロットが素直にそう言うと、ロドラもまたそれを認めるようにうなずいた。

「ただし、この妨害を未然に止められるような援助は得られておりません」

なるほど、どうやらこれは、自分たちで乗り越えろ、ということらしい。

「事は必ず起きる、ということですね」

「さようです」

それが分かっているだけでもずいぶんと違う。

必ず起きる。

心構えをしておけるだけでも、破格の支援だった。

「具体的に何を起こすかまでは突き止められませんでした」

ロドラは申し訳ないとは思っていなさそうな声色で、申し訳なさそうな表情を浮かべて謝罪する。

「ですが、いつ起こるかは分かっております」

「それは？」

「三日後、です」

◇◆◇◆◇◆◇◆

「……ジョバンニ大司教が敵であると、アルガティ様がそうおっしゃったのですね？　ロドラ元枢機卿」

ロドラはこれまでの張り付けた笑みを引っ込め、真剣な表情でうなずき、シャルロットの言葉を肯定した。

たくらみがある。

誰がたくらんでいて、いつ実行されるかも分かっている。

ならば今のうちに処理してしまった方がいい。

そう考えるのは当然のことだ。

だが、どうやらそううまくはいかないらしい。

「事前の処理はうまくいかない、と。なぜだ？」

レミーアが尋ねる。

大方の予想はついている様子のレミーアだが、予想だけで物事を片付けるのが愚かな選択だと分かっているための確認だ。

「謀略があるのならば、先に潰してしまえばいい。……誰でも思いつくことです」

「うむ。つまり、先んじて潰しにかかった場合に発動するギミックがあるわけだな」

「その通りです。我々がその方向で動いた場合、暴走するようになっている、とのことでした」

「面倒だな」

「ええ。当然ながらその暴走は、使用者の制御も一切受け付けず、周囲はおろか使用者さえも容赦なく巻き込むもののようです」

「その情報はどこから？」

「私の手のものです。少なくない犠牲を払って入手した情報ですが、それ以上の価値がありました」

「なるほどな……」

レミーアは顎《あご》に手を当ててその言葉を吟味した。

「暴走させてしまうと、もはや取り返しがつかない、ということだな」

「そうなってしまうくらいなら、相手に企みを起こさせて、それを正攻法で攻略した方が良い、ということですね」

「そうだな」

ミューラの考えに、レミーアは同意する。

藪《やぶ》をつついて蛇を出す。

自分一人ならば蛇が多少出てこようと全く問題はない。

だが、つついて出てきた蛇を自力ではどうにもできない者が多すぎるのが問題だ。

相手の仕掛けがどんなものなのか分からない。

大蛇が出てこようと問題ない、一対一で向かい合っても悠々と生き延びられる――

そんな実力の持ち主はそうそういない。

大抵の人は、大蛇が目の前に出てきたらそのまま殺されてしまうだろう。あまりにも、という
だというのに、自分は大丈夫だからと強引な手を使うというのは、
ところだろう。

「ふむ……その暴走のギミックとやらは、あえて漏洩《ろうえい》させたのやもしれんな」

「我々もそう見ております。本体にはまったくたどり着けなかったことを鑑みると、そう
考えるのが妥当かと」

ロドラがレミーアの言葉を肯定する。

「暴走させないのであれば、三日後に向けてできうる準備を進めておくのがよろしいか
と」

「そうだな」

うなずくレミーア。

それ以外にないだろう。

選択肢としては残してはおくが、それを選ぶのは最後の最後。

暴走させてでも発動自体を止めねばならないと分かった時だけだ。

しかし、その術式の中身まで探るのは難しいと思われる。

ロドラが少なくない犠牲を払って判明したことが、暴走のギミックのみ。

肝心の術式の肝は分からなかったというのだから。

「では……わたくしたちは、三日後に備えて英気を養っておくのが良さそうですね」

シャルロットがこの場を締めにかかった。

方向としては、無理に術式の強制解除はせずにそのままにして、という形だ。

つまり真正面からぶつかる形になるが、それがもっとも周辺への影響が少なくて済む。

「お伝えはしました。では、これで失礼するとしましょう」

ロドラは必要なことは伝え終わったとみて、さっさと立ち去ろうとする。

ここにはこっそりと来ているのだ。

長居するのは良くはない。

もっとも、三日後に向けてこちらに気を配っている余裕はないのかもしれないが。

「ええ。ありがとうございました」

シャルロットも彼らの状況は理解しているので、それを止めはしない。

三人が出ていく。

「それでは皆さん、ひとまず今宵は寝るとしましょう。今はそれが一番大事ですからね」

「ああ、その通りだな」

この時間では何もできはしない。

既に街は寝ている時間だ。

ここはきちんと眠って体調不良にならないようにするのが大事だ。

「分かった、おやすみ」

「おやすみなさい」

全員それに異論はなく、それぞれ割り当てられた寝室に戻っていく。

一夜明けて翌朝。

太一たちが滞在している宿は、この一帯で高層の建物だ。

そのため街の様子が一望できる。

街は朝の活気に満ち満ちている。

元気な声と小鳥のさえずりを背に洗面所で顔を洗う。

高級な宿は自分の泊った部屋に水回りがあるのがいい。

身だしなみを整えてダイニングルームに移ると、既に何人かは席についていた。

「おはようございます」

「ああ、おはよう」

その中の一人だったシャルロットと挨拶《あいさつ》する。

彼女は紅茶を飲みながら、窓から差し込む柔らかな朝日を眺めるという優雅な朝を過ごしていた。

太一もまた、侍女のティルメアにクーフェを淹《い》れてもらい、それを味わう。

シャルロットが早いだけで、太一が寝坊しているわけでもない。

現にミューラも凛も、そしてアルセナも起きていなかった。

ここにいるのは護衛の騎士とティルメア、そしてシャルロットの腹心であるテスランだ。

むしろ、普段に比べて太一がかなり早く起きただけである。

「お早いですね」

「ああ、なんだか目が覚めちゃってな」

「そうでしたか」

笑う太一。

朝に弱いことは太一も理解している。

もっとも、どちらかといえば起きられないのではなく、寝るのが好きなのだが。

「そうですか。朝食まではもうしばらくありますよ」

「みたいだな」

仕事を全うしている人員以外は寝ていることを考えると、シャルロットの言う通りなのだろう。

太一ものんびりすることにした。

ドナゴ火山に赴くのは明後日なので、今日明日は何もすることはない。

何か仕事があれば話は別だが、何もないのならば自分の時間に使うと決めていた。

やがて朝食の時間になる。

起きてこない者もいるが、特に問題はない。

シャルロットが「特に仕事はない」と明言したからだ。

むしろ寝坊できるほどに精神的にリラックスできるのならばそれに越したことはない、とも言った。

その後、凛とアルセナが起きてきたあたりで朝食の時間になった。

高級宿なので期待できる。

昨夜の夕食もかなり豪勢で、味も十分に楽しめるものだったのだ。

並んだ朝食はパンとベーコンと川魚のソテー、サラダにシチューだった。

朝からそれなりに重いのは、この世界のスタンダードなのでもはや驚くこともない。

出された朝食に舌鼓を打つ。

「うまいな、さすが高級宿だ」

「宿屋でこのクオリティはなかなかないね」

パンは柔らかい白パン。

この時点で実はかなり上質なのが分かる。

安い宿だと黒パンに野菜くずのスープだけ、というのは珍しくないメニューだ。

白くてふわふわしたパンというのは保存性が悪く、トータルコストがかかる。

逆に黒パンは一度作ればかなり長い間とっておけるので、その分コストも安い。

それ以外にも肉と魚に新鮮な生野菜、肉と野菜が溶け込んだシチュー。

しかもどの料理も一級品。

王族に出して問題ないとされるレベルだけあり、食の発達した日本から来た太一と凛も満足できる味だった。

「今日はどうされますか？」

「俺は散歩したり訓練したりするかなぁ」

何もない二日間。

本番前のこの時間、コンディションを整える時間として大切にすべきだ。

◇◆◇◆◇◆◇◆

太一はのんびりと街中を歩いていた。

宿にこもりすぎるのもどうかということで、気分転換をしようと思ったのだ。

他国、それも大陸をまたいでいるだけあって見慣れた街とは違いがあり新鮮な気分になる。

こうして別の国を訪れるのは、太一としては特別なことではないが、一般的には特別なことである。

そう教わってからは、こうしてただ街並みを眺めることも、立派な楽しみのひとつとなりつつあった。

「おっ、ここの屋台は当たりだな」

何となく買った鶏っぽい肉の串焼きをほおばりながら目的地もなくぶらつく。

太一に敵意を持つ者の視線は感じない。

敵は準備で忙しいようだ。状況から考えて、太一が一人でいるのなら絶好のチャンスに見えるはずなのだが。

準備がどれほど大変なのかは太一にはは知ることはできないし、興味もない。

太一にとってはどう脅威なのか、どんな大ごとになるのか、そちらの方が重要だ。

しばらく色々と露店を回ったり店を冷やかしたり、気に入ったものを買ったり。

昼頃。

働いている者で混む時間帯を外した。

そのおかげで、四割ほど空席で空き始めた食堂を見つけることができた。

空いていた四人掛けの一席につく。

ピーク時だと満席行列も珍しい光景でないことは、この食堂に入る前にいくつも見かけている。

豪快に焼いた肉と野菜スープとパンの食事。

結構なボリュームがあったので、少し苦しい。

冒険者をしていなければ確実に太っていただろう。

幸い激しく身体を動かす仕事なので、逆にこのくらい食べないと身体がもたない。

太一だけではない、男女問わず他の冒険者も、一般人に比べれば健啖《けんたん》である。

「ちょっと休んでくか……」

幸い、ピークの時間は過ぎているので、それなりの席が空いており、新たにやってくる客もまばらだ。

飲み物を飲みながらしばらく席を占領しても問題なさそうだ。

「クーフェもらえる？」

「ただいまー」

先程よりもあわただしくなった店員に、クーフェを持ってきてもらう。

食堂のものなのでそれほどの味ではないが、あるだけありがたいものだ。

それを味わいながら、太一はふと背中に声をかける。

「よう、こっちに座ったらどうよ？」

その恰好《かっこう》のまま声をかける。

すると、背後に座っていた者が立ち上がり、太一の正面に座った。

「気付いていましたか」

「バレないと思ってたのかよ」

「いいえ?」

太一の正面に座った彼はフードを目深まで被っており、少し見ただけではその人相は分からない。

「ああ、私にもクーフェを」

「はーい」

間を置かずに運ばれてきたクーフェを、彼は左手で飲んだ。

右手の袖はぶら下がっている。

「久々だな、カシム」

「ええ、そうですね」

そう、太一の前にいるのはカシムであった。

「順調に実績を重ねているようで何よりです。実力もあれから相当に上がったようですね」

「おかげさまでな」

「嫌味ですか」

「そうだって言って欲しいのか?」

「遠慮しておきましょう。そんな趣味はありませんので」

こうして会うのはほぼ一年ぶりである。

あまりに濃い日々だったので何もかもがつい先日のことのように感じる太一だが、時の流れは良くも悪くも残酷で、この世界に来てから既に一年以上経過している。

「そうかい。そういや、昨晩は俺が話しかけたとき以外話さなかったな」

「ええ。分を弁えた、というやつです」

「ふうん」

まだまだクーフェは熱い。

太一はちびちびとするように飲む。

「あの時は敵だったお前が実はシェイド側で、今や協力者か。人生どう転ぶか分からないもんだな」

「そういうものですよ。まあ、私は分かっていましたがね」

「その割には、徹頭徹尾、ずいぶんと殺意が高かったな?」

全力で殺しにかかられた記憶しかない。

一歩間違っていたら、どこで死んでいてもおかしくはなかった。

そんな感情を込めた抗議なのだが、カシムは笑った。

「そうでなくては意味がありません。敵の腕の一本くらい吹き飛ばせなくて、ここから先生き残れるとでも？」

「……それはそうだな」

太一も凛も未だに人を殺めたことはない。

それが悪いことだと、誰一人としてとがめてはこない。

ただ、それを貫き通した結果、時として分が悪くなる可能性があることもある。

カシムの言う通り、腕の一本くらいは吹き飛ばせるくらいでないと話にならない。

「私程度を退けられないスケールでどうにかできる修羅場ではなかったでしょう」

そう言われると沈黙するしかない太一である。

感情は別にして、言っていることは当然のことだった。

カシムを退けられない強さのままだったら、これまでに襲い掛かってきた様々な強敵と戦いにすらならなかっただろう。

非常に癪《しゃく》なのだが、カシムの言う通りだった。

「感情面は別だけどな」

「仕返しは既に済んでいるでしょう」

カシムはクーフェを飲んだ。

淹《い》れたてで太一のカップよりも熱いため、ほんの少し口に含んだだけだが。

「私の方こそ、ぽっと出のあなたがいずれ鍵になると言われて半信半疑で試練を与えにいったら、結果的に蹴散らされる羽目になったんですから」

その通りだ。

それこそ、完膚《かんぷ》なきまでの敗北である。

期待の新人と言われ、先達として少し揉《も》んでやろうとちょっかいをかけてみたら、ひねられてしまった。

当人たちの印象や感想は別にして、客観的にはそういうことになる。

確かに仕返しは既に済んでいる、と言ってもいいだろう。

実際、カシムが居心地の悪い思いをしたのは間違いない。

人の口は閉じることはできないように、いつの間にか噂《うわさ》として広がっているのだ。

もちろん、詳しい裏事情までは知らないだろう。

知っているのは表面上の、カシムが太一に負けた、という事実だけ。

だが、それでも噂になるには十分だった。

カシムは冒険者ではないので、あくまでもレージャ教内での話ではあったが。

この分だと他のところで、口さがない者は噂のひとつでもしていたのだろう。

「それもそうか」

太一がかけられた様々なちょっかい。

文字通り圧倒的な出力の差で強引に踏みつぶしてしまう。

業を煮やしたカシムが挑んだ直接対決にて、希少なアイテムを消費してまでなお、負けた。

そう考えれば、感情も徐々に落ち着いてきた太一である。

「納得してもらえたのなら何よりです」

カシムはクーフェを楽しみながら笑う。

そこに、カシム自身もう何も思うところはなさそうだった。

彼にとっては既に過去のこと。

そして今はもう、これからのことを見つめているからに違いなかった。

「なんだ、再戦でも挑んでくるのかと思ったぜ」

からかうように太一が言えば。

「ご冗談を。もはやあんな像の小細工ごときであなたをどうにかできはしませんよ」

カシムは肩をすくめた。

当時のシルフィはまだエアリィのままだった。

今は四大精霊のうち三柱と契約している。

文字通り桁《けた》が違う状態だ。

「俺としてもあんなもんでどうにかなっちゃ困るんだけどな」

「それはそうでしょうね。私が少年の立場でもそう思ったことでしょう」

過去に確執のあった太一とカシム。

こうして和やかに話してはいても、そう簡単に確執やわだかまりが取っ払えるわけではない。

表面上のことである。この程度取り繕うことは、カシムはもちろん、太一にだって可能だ。

だが少なくとも。

過去のいざこざを理由に、再びぶつかり合うことはしなくて済みそうだった。

◇◆◇◆◇◆◇◆

そのころ――

「よう、てめぇら」

「貴女は……」

「グラミ……」

凛とミューラのもとをグラミが訪れたのは、ちょうど太一とカシムが邂逅《かいこう》していた、昼過ぎのことだった。

フードを目深にかぶっていても分かる。

この強者の気配。

凛とミューラは午前中に自主練を行っていた。

ひと段落したので、気分転換も兼ねて街に繰り出そうと、宿を出たところだった。

壁に寄りかかっていた彼女は、凛とミューラを見てこちらに向かって歩いてきた。

グラミは二人の姿を上から下まで一度視線を移動すると、不敵な笑みを浮かべた。

「ずいぶんと腕を上げたようじゃねぇか」

何を見て気付いたのか、彼女は凛とミューラが強くなったことを察知していた。

「あら、分かる？」

ミューラはふっと笑った。

自信はついている。

まだまだ目指すべき先は遠いので日々の鍛錬は欠かせないが、それでも地道に積み上げたものは嘘《うそ》をつかないからだ。

「ああ。なんつーか、たたずまいっつーか、雰囲気が変わってるぜ」

具体的に説明できる根拠はないらしい。

それでも、彼女はレミーアやスミェーラに近い実力を持っている。

戦闘における彼女の勘は、一考に値するものだった。

かつての――精霊と契約する前の自分たちであれば、一対一は恐らく無理だった。

そんな相手からの掛け値のない言葉。

戦闘狂で頭の回転も速く、非常に厄介な相手であるグラミ。

そんな彼女の言葉だからこそ、自分たちは確実に成長しているのだと、更なる自信に変換することができた凛とミューラである。

「へえ……」

二人の表情を見たグラミは、にやりと好戦的な笑みを浮かべる。

「そこまで自信があるってんなら、いっちょ試してみるか」

グラミの言葉の意味を、今更確認したりはしない。

一戦やろう、という意味だろう。

凛とミューラとしても、異論はない。

グラミを相手に試せるのはまたとない機会である。

かつてこう言っていた。

いずれ再戦だ――と。

はからずも、それが今実現するのだ。

「いいわね、どこか使える場所はあるの？」

そう返事をしたミューラに、グラミは片眉をあげる。

「ああ、そこは心配すんな。きちんとおあつらえ向きのところがあるからよ」

それならば否やはない。

歩き出したグラミについていく。

しばらくするとスラム街にたどり着いた。

普通の人間にとっては危険だが、グラミとミューラと凛。この三人に襲い掛かる者はいない。

グラミの眼光をまともに受けては、一般人ではまず蛇《へび》にらまれた蛙《かえる》になるし、ミューラも凛も同様のプレッシャーを放つことは可能だからだ。

しばらくスラム街を歩き、再び街中に戻っていく。

スラム街を通ったのは、シンプルにその方が近かったからだろう。

人に見られたくない者が隠れるのはスラム街だろう、という先入観を利用した形だ。

最終的にたどり着いたのは、住宅街と商店街の境目辺りにある建物だ。

「ここだ」

中に入るとそこは普通の店舗になっている。

売っているものは何の変哲もない、どこでも買える雑貨ばかり。

客はいない。

グラミはずんずんと進んでいき、カウンターの横から裏手に向かって入っていき、バックヤードの一角で床を跳ね上げた。

「へえ、隠し階段ね」

「別に厳重じゃねぇがな」

確かに特殊なギミックはなさそうだ。

その理由は、すぐに分かった。

地下階段を潜っていくこと少し。

そこにあったのは広大な運動場らしき場所。

地面はただの土。天井はそれなりに高いので跳び上がっても平気だ。

ここが模擬戦をしたりトレーニングをしたりするところだというのはすぐに分かった。

後の使い道といえば、有事の際に緊急避難所として使うくらいか。

隠れる場所も特にないので、そこまで厳重にはしていない、ということだろう。

「そういや、Aランクになったんだってな」

足元の感触を確かめていたグラミは、背中を向けたまま二人に声をかける。

「ええ、必要に駆られてよ」

「そんなに興味はなさそうだな」

「重要なのは勝利するための実力があるかどうかだからね」

「はっ。ちげぇねぇ」

地面の状態をチェックして、きちんと整備されていることに満足したのか、グラミは凜とミューラの方に振り返った。

「肩書はゴリッパでも、ハリボテじゃあ意味はねぇからな」

「今回は、その肩書が必要だったのよ」

「ふうん、まあいいや」

ランクAになったことそのものには興味があったものの、なった理由については興味がなさそうなグラミである。

「よし、じゃあ始めるか」

グラミはマントを取り払うと、腰の剣を抜く。

しゃらりと鞘《さや》鳴りの音が響いた。

情緒も感慨もないが、グラミらしかった。

「じゃああたしから行くわ」

ミューラもまた、腰の剣を抜いた。

「あの時からどこまで変わったか、試させてもらうわ」

「へえ、楽しみだ。がんばってくれよ」

「行くわよ」

ミューラはこれまでと同様、強化魔術にてグラミに迫る。

間合いに入ったところでパワーの強化を精霊魔術に切り替え、袈裟《けさ》懸《が》けに切りつけた。

それを受け止めようとしていたグラミ。

何か勘が働いたのか、一気に後退する。

追撃を避けるためか風の魔術をミューラに放つ盤石ぶり。

ミューラはグラミの攻撃をがっちりと受け切り、追撃は行わなかった。

「さすがの勘ね」

それが何かは言わずに、ミューラは剣の切っ先をグラミに向けた。

「……へぇ」

グラミは獰猛《どうもう》に笑う。

過去の記憶通りなら、グラミは剣を受け止めてから力で攻めるもよし、剣術の腕前で攻めるもよし、といくつもの選択肢があった。

だが、今の一瞬、グラミには受けずに後退する、という選択肢しかなかったように思う。

根拠はないが、受けてはならないと直感が悲鳴を上げたのだ。

「昔のお前なら、こんな展開にはならなかったな」

「そうね。もう一度行くわよ」

今度は、最初から強化を精霊魔術で行い、ミューラはグラミに切りかかった。

「……！」

剣の腕も上がっている。

戦術も鍛えられた。

戦い方も進化している。

しかし何よりレベルが上がったのは、純粋な身体能力だ。

これまでとは比較にならない速度で、ミューラはグラミに切りかかる。

放ったのはシンプルな切り上げだ。

グラミがギリギリ反応できる速度。

よって防御の剣は見事に間に合った。

だが、強化されたミューラのパワーには対抗できず、剣が弾け飛ぶ。

くるくると放物線を描いた剣は、ガツンと壁に突き刺さった。

「……へえ、ずいぶんと」

しびれた左手をさすりながら、グラミは笑った。

「これで借りは返したわ」

「そうだな」

ある意味では予想通り、ある意味では予想以上の結果だった。

「……あいつも、同じように強くなったってことだよな？」

あいつ、とは凛のことだろう。

「そうね。あたしと同じくらいだと思うわ」

個々の分野まで問うつもりはない。

近距離と遠距離、どちらが優れてどちらが劣る、という話ではないからだ。

「ふうん……」

グラミはがりがりと頭をかいた。手の甲の蜘蛛《くも》の紋がまたたいた。

認めているが認めがたい、そんな感情がありありと見て取れた。

「何？」

それを不思議に思い、凛が尋ねる。

何が納得いかないのか。純粋に気になったのである。

「てめえらがずいぶんと強くなったのは理解してる。ただな……」

ただ、何か。

「ずいぶんと力に振り回されてるな、って思ってなぁ」

凛とミューラの力が格段に伸びた、そのルーツには一切言及せず、グラミはそれだけを告げた。

それは完全なる図星だった。

太一は論外として、同時期に同じく精霊魔術師となったレミーアも一歩先を行っているものの、彼女でさえ自身の力を完全に御しきれているとは言えない。

「よく分かったわね。これでもだいぶ、コントロールできるようになったのよ」

「ああ、そいつは伝わってくる。てめえらのことだ、相当やってきてんだろ」

この二人が、ただそのままぼんやりと過ごすはずがない。

自信の実力に自負と自信があるグラミほどの者になれば、戦った相手が研鑽《けんさん》を積んでいるか否かは、その戦う様子を見れば一目で分かるし、相対すればなおさらだ。

ミューラの基礎能力が上がっただけではなく、剣術もより腕が上がったことは剣を通じて理解していた。

「ただ、それじゃあ足りてねぇ。私の見立てじゃ、あと二歩、いや三歩は欲しいところだな」

その微妙な感覚も、当たらずとも遠からずだ。

そう、今一歩なのだ。

着実に一歩ずつ進んでいることは理解している。

ただその歩みがどうしてもゆっくりとなってしまうので、凛とミューラとしては、もどかしい思いを抱き続けている。

積み上げていくしかない。

それが分かっていても、だ。

焦りはやる気持ちを、止めるのは至難の業だった。

「なかなか暴れ馬みたいな感じでね。制御がうまくいかないんだよ」
凛は笑った。
かつてのグラミを相手にしていたとは思えない表情だ。
具体的に言葉にして和解したわけではない。
しかし、さすがグラミの洞察力だった。
「ふうん……いやあ、まさかここまでとはな。さて、続きやんぞ」
グラミは再び距離を取って相対する。
ミューラにあれだけ一方的にやられたにもかかわらず、まだやるつもりのようだ。
らしいといえばらしい。
さすがに戦闘狂、とでも言えばいいのか。
しかしそれも悪いことばかりではない。
グラミという強者が付き合ってくれるのだ。
それは、訓練として間違いなく良きものを与えてくれるに違いなかった。

## 第八十九話　始まる試練と事件

約束の日が来た。

朝食が終わる時間帯、大司教ジョバンニ・ブルゴーニュからの使者が訪れた。

使者が携えていたのは親書。

中を検めると、予定通りドナゴ火山への入山が認められたと記載されていた。

既に準備ができていた太一は、即座に行動を開始。

使者が帰還してから約一時間後、太一はパリストールの出口にいた。

太一の前にはドナゴ火山がそびえている。

それなりに高い山であり、薄い雲をまとっている山頂からは、灰色の煙が立ち上っている。

「よし、行くか」

いざ、サラマンダーとの契約に挑むわけだが、特別気負いなどはない。

少なくとも道中においては、だが。

実際に契約の段階になってスムーズにいくかは分からないが、そこにたどり着くことに関しては問題はないだろう。

まっすぐ山に向かって一人歩く。

そう、今太一は一人だ。

他の面々は全員が宿に残っている。

ドナゴ火山には行かずに、街で起こるだろう仕掛けに対処するためだ。

街の方は基本的にそちらに任せる手はずになっている。

もしも太一の手が必要な事態が起きた場合、レミーア、ミューラ、凛のいずれかが合図の魔術を撃って知らせる。

太一は空を飛んで街に行けばいいので、すぐに到着可能だ。

往路は地上を行く。

どこにサラマンダーの判断要素があるか分からないからだ。

もしかしたら、山をちゃんと足で登ってこい、という条件があるのかもしれない。

「まあ……契約できない、ってことはないだろうけどな」

高速で移動するため、人目につかないところを走りながらぼやく。

サラマンダーとの契約は、アルティアを守るためにシェイドが必要としているのだ。

契約できないとなれば、シェイドの目的が果たされない。

だが、何らかの理由でやり直し、となればそれだけ時間を浪費してしまう。

予想ができて、それが避けられるのなら避けるべきだ。

徐々に傾斜がきつくなっていく。

やがて森を抜けると、そこには土と岩が転がる殺風景な光景が広がっていた。

「さすが活火山だな」

軽く調べたところによると、割と頻繁に噴火しているのだという。

確かに遠くからの見た目は九州の桜島のようだった。

形が、ではない。麓《ふもと》から中腹あたりまでは緑に覆われているが、そこから山頂までは緑はまばらにしかないところだ。

度重なる噴火による影響だろう。

ここはまだ熱くはないが、いつ熱に襲われるか分かったものではない。

太一は山頂を十数秒見つめたのち、再び足を動かす。

普通ならかなりの時間がかかるものだが、太一の場合は強化があるので常人では考えられない速度で黙々と踏破していく。

やがて、火山らしく熱を感じてきた。

しばらくは大丈夫だったが、山頂に近づいてきた頃には相当な高熱になっていた。

それこそ、お湯が沸騰する温度などとっくに上回っている。

「ウンディーネ、シルフィ」

だが、太一はそこを平然と足を進めていく。

ウンディーネの力で水のヴェールをまとい、風を操って熱を巻き上げているからだ。

熱を取り除く以外にも、そもそも火口付近は毒ガスの宝庫であるので、綺麗な空気を常に取り込む必要があった。

まさに自然の力を使った防護服だ。

それくらいのことをし続けなければ火口には近づけない。

そうして万全の態勢を整えて火口に近づく。

火口の淵から下を見ると、煮えたぎる溶岩が見えた。

マグマはかなりせりせりあがっている。

「熱いのはこれが原因か」

せりあがっているのだが、噴火が近いわけではなさそうだ。

「さて……ここまで来たけど、どうすりゃいいんだろうな」

火口の淵で、思わず首をひねる。

サラマンダーは、ここを根城にしているらしい。

そもそも人が立ち入ることができる場所ではないここを根城にしているあたり、さすがは火のエレメンタルだ。

「……」

少し考えて、ひとまず声をかけてみることにした。

魔法をぶっ放してもいいのだが、火口に下手に刺激を与えるのは良くないのではと考えた。

噴火のエネルギーを一人で抑えきれるかは分からないのと、魔法の威力は噴火を誘発してもおかしくなかったからだ。

「サラマンダー！　聞こえてたら返事をしてくれ！」

ぐらぐらと煮えたぎる溶岩の音が絶え間なく起きており、太一の声は完全にかき消されてしまいそうだった。

だが。

「……！」

太一の声は、届いた。

溶岩のど真ん中が膨れ上がり、そこから丸いマグマが浮かび上がった。

球体の溶岩がじっくりと上昇していき……重力に逆らえずにどんどんと落ちていく。

すべての溶岩が落ちたとき、そこにいたのはマグマよりもなお紅の髪をなびかせた美女だった。

豊かなストレートの紅の髪は右目を隠しており、風が吹いているわけでもないのになびいていた。

隠れていない左眼の瞳は黄金で、吸い込まれそうなほどに強い意志の光をたたえている。

胸元と下半身を隠すだけの、いわゆる水着のビキニのようなものしかまとっていない。その豊かで美しい肢体を見せつけるかのようだ。

「待っていたぞ、少年」

赤の美女は芯の強い声で太一に答えた。

「……サラマンダーか？」

「ああ。オレがサラマンダーさ」

どうやら彼女は自身を「オレ」というらしい。個性のひとつだろう。別に気にすることでもない。

「オレの力が必要なんだってな？」

「ああ」

自分を必要とする声を受けたサラマンダーはにい、と笑った。

「いいだろう。貸してやらないこともない」

その物言いは——

「けど、ただで貸すわけにもいかない、ってか？」

「おう、よく分かってるな。話が早くて助かるぜ」

サラマンダーはその豊かな胸の前で、男らしく腕を組んだ。

「シルフィードはほぼ無条件だったが、あれの方が例外だぜ。それはお前も分かってるだろ？」

それはその通りだ。

ミイことノーミードも、ディーネことウンディーネも、何かしらの条件というか、そういうものを課してきた。

サラマンダーも同様に条件を用意しているということだろう。

「で、俺は何をすればいいんだ？」

条件があることそのものは覚悟していた。

むしろ気になるのはその内容だ。

「そうだな。いくつか用意してあるぞ」

「複数あるのかよ」

「一つじゃないとダメだなんて誰が決めたんだ？」

そう言われると、返す言葉がなかった。

しょうがない、と肩をすくめて、太一は先を促す。

「よろしい。まず一つ目だ」

サラマンダーは指を一本たてる。

「まず、お前にはオレたちの力をより精巧に使えるようになってもらう」

「なるほど？」

確かに必要なことだ。

自分の力が不足していることが分かった今、更なる向上は是非成したいと思っていたところ。

いや、成さねばならないと思っていたところだ。

その一助になる試練だ。望むところである。

「そうしたら二つ目の試練だ。これから街で起こる事件があるだろ？」

サラマンダーは、視線を街に向けた。

その先にはパリストール。

高所から見下ろしているからか、全貌を把握することができた。

もちろん、強化なしでは細部まで事細かに見ることができるわけではないが。

パリストールで起きる事件。それは、ジョバンニが企んでいると思われることについてだ。

サラマンダーは関係者なので、それについて知っていてもおかしくはなかった。

「それに対して、お前からできる支援は一度のみだ」

「一度のみ、か」

それはなかなか厳しい条件だ。

「ここから動かずにやること。まずはこの二つの試練をクリアしてもらう。残りの試練はそのあとだ」

「……マジかよ」

試練の難度がぐっと上がった。難易度が上がったうえに今提示されたもの以外にもあるということも示唆された。

「お前自身での事件の解決はできないと思え。何ができるか、どんな役目が果たせるか。それを考えて、お前が持つ力でやってみろ」

「……厳しいな」

太一が思わずごちると、サラマンダーは右手を腰に当てて前かがみになった。

そして左手の人差し指をびっと太一に向ける。

「何言ってやがる。簡単じゃあ試練の意味がねえだろうが」

「それはそうだ」

簡単に完遂できる試練は試練と呼ばない。

それはただのタスクでしかない。

クリアした達成感すらないだろう。

「ほら、始まったぞ」

言われてパリストールに目を向ける。

「なんだ、ありゃ」

すると、街全体を覆うように紫色の膜が拡がっていくのが見えた。

その膜は街をすっぽりと覆いつくしてなお拡がっていき、やがて山の麓《ふもと》まで到達したところでようやく止まった。

「あれが連中のたくらみだ」

「……あの膜、どんな意味があるんだろうな」

「さあな」

サラマンダーはそっけなく言った。

聞いても教えてはくれなさそうである。

もしくは、単に知らないだけなのかもしれないが。

「まあ、あの膜は防御結界じゃあない。攻撃の支援をしたり、侵入するのは問題ないから心配しなくていいぞ」

それは朗報と言っていいだろう。

「向こうはお前の仲間に任せて、お前はお前のやるべきことをやれよな」

「……ああ、分かったよ」

そうだ。

街のことも気になるが、太一も目の前のことに向き合わねばならない。

サラマンダーはかなり厳しい。

これは締めてかからないと、いつまでたっても終わらなそうだ。

ひとまずパリストールのことは意識的に頭の片隅に追いやり、太一は自分に何ができるかを考えるのだった。

◇◆◇◆◇◆◇◆

その変化に気付いたのは誰が最初だったか。

ブゥン――という音が、凛の耳に届いた気がした。

建物の壁を透過し、紫色の膜が拡がっていく。

これが何か。

それを問う必要はなかった。

「これが、例の……」

「おそらくはな」

凛が思わずつぶやいた言葉に、レミーアが同意した。

返事を求めてのものではなかったが、それはレミーアも同じだろう。

何が起きるかは分からなかったが、何かが起きることは分かっていた。

その心構えが出来ていた以上、それが起きたことそのものについて驚くことはない。

凜はおもむろに窓から街を見た。

わずかに届いていたのは、町人たちの動揺する声。

仕方のないことだ。

心の準備ができていないのだから。

「始まりましたね」

シャルロットがそう言って立ち上がった。

そうだ。

太一がサラマンダーと契約するため、というのがクエルタ聖教国に来た主目的である。

そのさなか、こうして喧嘩《けんか》を売られたのならば、言い値で買い取ってやろうというのだ。

「さて、まずは色々とすべきことをせねばな」

敵が行動を起こした場合、指揮権はレミーアに渡ることになっていた。

経験値と実力、カリスマ性。そのどれをとってもふさわしいとはシャルロットの言。

「よし、まずは出るとしようか」

動かずにとどまっているのは危険。

そして、シャルロットたちを残して動くのも危険。

レミーアはそう判断した。

当然ながら、戦闘が発生した場合は凛たちのいる場所がもっとも激しい戦場になる。

それは承知しているものの、ではこの宿に残しておくのが正解なのかと言われれば疑問は残る。

この術式がかなり広範囲に拡がったことを考えれば、恐らく街ごと巻き込むものと思われる。

「かしこまりました。まいりますよ」

「はっ。御身は、この身命を賭《と》しても」

「……ええ、頼みますね」

命に代えても守る。

そう言われたシャルロットは、返事をするのにわずかに時間がかかった。

彼女としては、連れてきた者たちに死んでほしくはないのだろう。

だが、そんな甘いものでないことも同時に理解している。

そして何より、騎士たちのお役目は王族の盾になること。

自分の命ひとつで、王族に迫る凶刃を防げるのならば喜んでその身を投げ出す。

そういった者のみが騎士になれるのだ。

よってシャルロットは彼らの心意気を飲み込んでいた。

返事に要した間は、飲み込むために必要な時間だったのだろう。

レミーアについて外に出ると、より濃密な、得体の知れない何かを感じた。

「……なんとも言えない、気持ち悪さを感じるわね」

ミューラは少々顔をしかめ、周囲を見渡した。

その感想には凛も同意するところだ。

なんと言えばいいのか、ざらついたような、ぬめっとしたような、じめっとしたような。

そんな人を不快にさせるような空気だ。

「ふむ、魔力は問題なく使えるようだな」

レミーアが右手に力を込めている。

そこに渦巻く魔力の強さはかなりのもので、彼女の突出した実力は横にいるだけで伝わる。

「何かいるかな……」

凛はソナー魔術を使い、周辺を探査する。

ひとしきり探ったが、この周辺には人しかいないようだ。

その誰もが慌てふためいているのが分かる。

「騎士様!?　お助けください！」

ところで、凛の周辺には二〇以上の人員がいる。

凛、ミューラ、レミーア。

シャルロット、アルセナ、テスラン、ティルメア。

シャルロットの護衛一五名。

騎士がそれだけ集まっていたら、勘違いしてもおかしくはなかった。

それに加えてこの異常事態だ。

すがってきても別に何も不思議ではない。

「ご婦人、外は今異常が起きている。自宅に戻り、この妙なものが見えなくなるまで、自宅で待つがよかろう」

「ああ、ありがとうございます……！」

話しかけてきた女性は、騎士の一人からの言葉を受けて、早足で去っていった。

騎士の言う通り、家にこもるのだろう。

そこが確実に安全であるとは断言できないが、外をうろうろしているよりはよほどいい。

さて、一刻も早く、この紫の膜によって何が起きているかを把握しなければならない。

「ミューラ」

「はい」

「私とお前で、探ってみるぞ」

凛のソナー魔術で何も反応がないとなれば、次は精霊魔術の出番だ。

とはいえ、さすがに探査を行うには、それよりも更に優れる手段をとるのが効果的だ。

ミューラもレミーアも、凛の探査魔術よりもよほど強力な手札を持っている。

まだ修行中であるため、詳しい探査はできないのだが。

ただ、その範囲は凛のソナー魔術とは比較にならないので、一概に比べるのは間違っているともいえるだろう。

レミーアとミューラが探査を始めて一〇数秒。

先に見つけたのはレミーアだった。

「何かいるな」

「えっと……」

少し遅れて、ミューラもレミーアの言葉から探査範囲を絞り、レミーアが見つけたという先に向かって探査魔術を放つ。

「……！」

それから少しして、ミューラも見つけたようだ。

どうやら、ここで立ち止まっていたのを間違えられたのだろう。

そう指さした先は、目抜き通りの人通りが激しいメインストリートだ。

果たして何がいるのか。

シャルロットの許可を得たので、一行はそちらに向かう。

そうしてしばらく歩くと……。

「あそこだな。リン、ここは任せるぞ」

そう言い残し走り出したレミーアの声は非常に深刻だった。

それを疑問に思う暇もなくミューラもその後に続く。

二人がトップスピードで走り出した理由はすぐに分かった。

たどり着いたのは街の中央、目抜き通りが交差する大広場だ。

そこには、かつて見た紅の魔物がいた。

それも一体だけではなく、無数に。

そうではない魔物もいるにはいるが、どうしても紅の魔物の方が目立ってしまう。

当然ではある。

戦ったことがあるのだ。

あの魔物が、普通の魔物とは一線を画す強さを誇っていることは、嫌というほど知っているのだから。

「あれは……！」

そう、かつてのアズパイア防衛戦で見かけた紅の魔物。

それが複数存在していたのだ。

その物量は、当時見た数よりもはるかに上。

かなり危険だ。

とんでもない、と断言してもいい。

そして敵の手段もはっきりした。

これだけとは限らないが、少なくとも一つは分かったわけだ。

「やつめ、私たちを攻撃するためなら、街はどうなってもいい、ということだな」

それ以外に考えられない。

あの紅の魔物は、ただのゴブリンを、上級ランクの冒険者でなければまともに討伐できないだろう強さまで大幅にパワーアップさせるもの。

それを、こんな街中で無数に放つなど。

「はやく駆除せねば……！」

シャルロットが切羽詰まった声で言う。

それはその通りだ。

こんなもの、放っておくわけにはいかない。

「そうですね、速やかに駆除を始めましょう」

非常に強かった記憶が、凛の頭にはある。

だがそれは、過去の話。

今の凛ならどうか。

一年前の自分と比べて、今の自分はどう変化したか。

それを見るにはいい機会でもあった。

◇◆◇◆◇◆◇◆

走り出したのはレミーアとミューラ。

一方、凛は紅の魔物を見かけた瞬間に足を止めた。それと同時に、レミーアからここを任せるという言葉。

『ファイアアロー』

走って現場に急行する二人を追い越すように、凛が炎の矢を投げる。

かなりの力を込めた攻撃。

一撃でレッドゴブリンを貫き、さらにその後方にいた紅のリザードマンの左足を吹き飛ばして消えた。

威力が上がっている。

今撃ったのは魔術で、精霊によるブーストもない。

これはひとえに、魔力の運用が巧みになったということだろう。

魔力量と魔力強度は変わっていない。

それで威力が上がったということは、魔術に対してより適切に魔力を扱えたということ。

二匹の戦闘力を奪っただけなのでこれで止まるわけにはいかない。

凛は素早く周囲を見渡す。

(数が、多い！)

尋常ではない数いる紅の魔物。

そこかしこから聞こえる悲鳴と怒号、壁が破られ物が砕かれる音。

一体一体やっている暇はない。

ならば一斉に？

それは正解。

本当に？

否。

正しいが間違っている。

先程の炎の矢と同じようにやってもうまくいかない。

やってみなければ分からない。
それは、可能性が残っている時に使う言葉だ。
少女の身体で、板を割ることができるか。
怪我《けが》を恐れなければできる、かもしれない。
だが、その板が鋼でできていたら？
やってみなければ分からない、なんて言葉を使う理由がない。
男女関係なく、鋼の板を破るなんて真似はできないだろう。
当たり前だ。
考えるまでもない。
できもしない事柄に、やってみなければ――そんな言葉は何の価値もない。
ならばどうする。
簡単なこと。
可能にする方法でやればいい。
その方法を、凛は既に手にしている。
ただ、魔術を撃つだけではだめなのだ。
（状況は、終盤と思った方がいい！）
こんな街のど真ん中で紅の魔物が暴れている現状。

街への魔物の襲撃が起きたのだと仮定したら、現状は防衛に失敗し街中での撃退戦を行っている状況だ。

それも、こんな奥まで魔物に入り込まれ、好き勝手にされている状態である。

既にじり貧。

ただ目に付く魔物を倒して、焼け石に水をかけるのか。

それとも、焼け石を丸ごと凍らせるのか。

選ぶなら、当然後者。

（アヴァランティナ……！）

凛の周りを、凍える魔力が渦を巻く。

それを目前で見せつけられたシャルロットは目を見開く。

そういえば、彼女に精霊魔術を見せたのは初めてだった。

ただ、それも後回しだ。

凍える魔力をひとところに集める。

それを両手でぐぐぐ、と握る。

自身が操るよりもはるかに大規模な力の奔流《ほんりゅう》を圧縮するのに、膨大な力が必要だった。

「う……くっ！」

これだけの威力は、精霊魔術を扱い始めてから初めて発揮するかもしれない。

これが炸裂したらどれほどの破壊力を秘めているのか、凛自身も想像もできない。

ただ。

今回は、これをそのまま放つわけではない。

両手を握りしめ、掌握する。

ここまでそれなりの時間はかかってしまった。

その間に増えた被害も間違いなくある。

忸怩《じくじ》たる想いがあるが、それは今の未熟ゆえ。

それはすべて飲み込む。

反省するのは後だ。

『フリージングランス』

握りしめた両手を開きながら空に掲げる。

青白い一粒の力がはじけた。

そして現れたのは、都合一〇〇発の氷の矢。

その一発一発が、凛がかつて奥の手としていた『電磁加速砲』をはじめとした高火力魔術をわずかにだが上回る程。

かなり力を分散したのでレッドオーガクラスの相手には何発撃ち込もうと効果はないだろうが、幸い近場にいる敵はそこまでの強さは持たない。

凛はそれを維持しながら、周辺の魔物のおおまかな居場所を観察する。

見敵必殺。

見つけ次第、氷の矢を放ちながら歩き始めた。

その破壊力は相当なもので、ほぼ一撃で仕留めることができている。

ある程度はアヴァランティナが照準補正のオマケをしてくれるが、基本的に自分で狙わなければならない。

一度に一〇〇の敵を狙うような真似はできないので、一体から三体を倒していく。

それでも。

見つけ次第、生み出した氷の矢を撃てばいいだけなので、敵の減り方が加速度的に増していった。

ただし、この場だけどうにかすればいい、というものではあるまい。

紅の魔物を優先しているが、それ以外の魔物も手あたり次第に氷の矢で射抜いている。

そう、普通の魔物もいるのだ。

そちらの方が明らかに数が多い。

その大多数は、凛、ミューラ、レミーアならば歯牙《しが》にもかけずに圧倒できるような。

いわば雑魚《ざこ》しかいないわけだが。

それは凛たちだからこそ成り立つわけで。

戦いを生業としない、一般人にとっては十分に脅威だ。

レミーアが先刻口にした「街がどうなってもいい」というのは本当のことのようだ。

「どれだけいるの……！」

この街に来なければ、この術式は発動しなかったのだろうか。

これほど入念に準備していたということは、太一の狙いからこの街に来る必要性を、理解していたということだろう。

では、来ないという選択肢はあったのか。

答えは否である。

それに、このような術式が用意されていることは分からなかったし、敵であることさえ、ロドラらから教えてもらわなければ分からなかった事なのだ。

このように考えれば、この事態は凛たちがこの街に来たから起きたことではあるが、凛たちが来なかったから安全だったのか、といえば否だろう。

これだけの術式、標的である太一やその仲間を巻き込めなかったとしても、大きなダメージをアルティアに与えることができるものだ。

使わない、という選択肢などない。

標的が来なければ来ないで、この街で術式を実行したに違いない。

「そこ！」

角からこちらに出てこようとしていた魔物を、先んじて仕留める。

地面に倒れ伏したのを気配だけで感じ取り、凛は更なる獲物を求めて探知の手を広げる。

このあたりはもはや作業なので、そうしながら別のことを考えるのも難しいことではない。

凛の思考はやがて、自分たちのことから敵のことにシフトしていった。

この術式は一体何なのだろうか。

紫の膜が拡がったら、一気に魔物が街中にあふれた。

とんでもない。ずいぶんと思い切ったことをするものだ。

自分たちの被害も辞さない、という敵の強い覚悟も感じ取れてしまう。

そんなものと向き合わされるとはつくづく勘弁してほしいものである。

後先を考えない相手は本当に恐ろしいし、自分たちでやろうとすると手間取ってしまう。

今から考えるだけでもおっくうになってしまう。

ただ……今はそれに思いを馳せ、考えをめぐらせている場合ではない。

どうにかして敵を減らし、街の被害を減らさなくてはならないのだから。

◇◆◇◆◇◆◇◆

鋭い剣閃が一条。

中空に光の糸を引く。

それに引き裂かれ、魔物が真っ二つになって崩れ落ちた。

今まさに真っ二つの死体になったその半身を蹴って加速。

突進の勢いに体重を乗せ、引き絞った腕を突き出した。

その鋭い一撃は紅に染まったゴブリンの頭を吹き飛ばした。

さすがの強化。

彼女個人の力ではなしえなかった。

さすがは精霊魔術による強化。

「うん、だいぶ違うわね」

格段のレベルアップ。

一年前とは文字通り桁《けた》が違う。

以前は今のような力感では斬ることも刺すこともできなかった。もっと力を入れる必要があったと記憶している。

しかし今の手ごたえ。

そう、なかったのだ。
まるで熟しすぎた果物をナイフで刺したかのような。
するりと切っ先を突きこむことができた。
昔感じた強い抵抗感とは全く別物だった。
雲泥の差、と言っていい。
――楽しい。
そんな感情が不意に浮かんだ。
この状況下において、不謹慎なのは分かっている。
だが、自分に嘘《うそ》はつけない。
楽しいのだ。
自分が思う以上の動きが叶うことに。
できなかったことができることに。
これまでも壁を超え、ブレイクスルーした時に世界が変わって見えたことはあった。
「……それと比べても、これはちょっと言葉では言い表せないわね」
太一が見ている世界に片足を突っ込んでいる――
それは、ミューラが感じていることだ。
これまでとはまるで違うパワー。

これまでとはまるで違うスピード。

こんな性能で動いている自分に驚くとともに、この世界に来たばかりの頃からこれだけの性能を発揮する自分を制御してきた太一に尊敬の念を禁じ得ない。

身体のコントロールについてはミューラの方が一日の長がある。

太一はセンス、勘がいいのでやってこれたのだろう、きっと。

ふと振り返りながら、指先に作った小さな石の弾丸を放つ。

それは精霊魔術ではなく、普通の、いつもの魔術だ。

後方から迫っていたリザードマンの三叉《みつまた》の槍をはじいた。

紅の魔物でないなら、普通の魔術でも十分通用する。

武器を跳ね上げられたリザードマンは無防備。

そこを見逃す理由も意味もない。

ただ、一閃。

精霊魔術による強化を施したミューラのスピードは、リザードマンでは視認するどころか、始動を察知することさえできない。

そのまま首をはね飛ばされ、その命の炎は消え去った。

「……来たわね」

ようやく近づいてきた、大物の気配――

ミューラはくるりと振り返る。

今いる場所は広場の端。そのちょうど反対側に建つ三階建ての建物。

気配は、そちらからだ。

まだ姿は見えていない。だが、いる。

凛とレミーアは、それぞれ離れたところで魔物の掃討にいそしんでいるのを感じる。

近づいているよりも、離れて行動した方が効率がいいと、全員の認識が一致しているためだ。

レミーアが別の場所で大暴れしている一方。

凛はシャルロットたちの近くにいる。

彼女たちを守りながらの魔物討伐は、彼女がもっとも適任だった。

もっとも、レミーアとミューラが飛び出したから、というのもあるだろう。

レミーアが声掛けをしていたので、意思疎通も問題ない。

この判断は間違っていないと胸を張れる。そうすることで救えた命があったのだから。

それはともかく。

ミューラが察知した大物の気配。

間違いなく、これまで戦ってきた魔物たちよりもレベルが高い。

やがて、姿を現した。

「レッドオーガ……！」

オーガ。

筋肉の鎧《よろい》に覆われた体躯《たいく》。特殊能力などない。ただただ、突出した強靭《きょうじん》な力を頼りに敵を真っ向から粉砕する魔物。

少なくともゴブリンやオーク以上の知能を持ち合わせており、それなりに頭も回る。

それが紅に染まっている。

かつてアズパイアで猛威を振るい、師であるレミーアですら倒せなかった魔物だ。

だが、今ならどうか。

その口からは、人間の腕が伸びている。

建物の影で喰らっていたのだろう。

あの一人だけではあるまい。

……犠牲が出てしまったことは仕方ない。

これ以上、犠牲を出さないことが肝要だ。

「幸い、ヤツは他の人を手にしてるわけじゃない」

言い方は悪いが、レッドオーガにとっては人間は餌なのだろう。餌となってしまう人間が捕まっていないのは、僥倖《ぎょうこう》だった。

ならば、仕掛けるのは今がチャンス。

ミューラは殺気をレッドオーガに向けてたたきつけた。

狙い通り、レッドオーガからの強烈なヘイトを買うことに成功した。

「行くわよ」

レッドオーガから放たれる押しつぶすような視線を受けて、ミューラは左半身を後ろに半身にして、切っ先をぴたりとレッドオーガに向けた。

これだけ離れていてこの威容。

かつてのミューラでは、勝てなかっただろう。

だが今ならばどうか。

新たな力を手に入れた、今ならば。

そのまま地を蹴り、一気にレッドオーガに向かって突進する。

そのスピードは、本日最速。

レッドオーガはやはり強い。

ミューラのその動きも、かろうじて目で追えているようだった。

ただし、身体の方はついてこれていなかったが。

迎撃のために放たれた拳は、明らかにミューラを捉えられるタイミングではなかった。

「ふっ！」

拳の打ち下ろしを紙一重でかわし、すり抜けざま肘《ひじ》に剣を突き立て、移動速度に任せて上腕に向けて切り裂いた。

「ぐぎあ⁉」

レッドオーガの悲鳴が、吹き上がる鮮血とリンクする。

かつては最大威力の魔術剣でさえ傷ひとつつけられなかったレッドオーガに、今はただの斬撃でダメージを与えることができた。

劇的な進歩。

そして得られた大きな手ごたえ。

一人で、狩れる――

そう。

討伐。

でも。

倒す。

でもない。

狩る、だ。

それは対象を上から見下ろす言葉。

対象を、獲物とみなしてはじめて出る言葉。

これならば、恐れることはなし。

ミューラは振り返りざま、炎を剣にまとわせた。

白刃が煌《きら》めく。

鋭い剣閃が一条。

中空に光の糸を引く。

レッドオーガの、首が飛ぶ。

一撃。

それなりに力を使ったものの、かなりの脅威となるレッドオーガを一撃で倒せるのならば、それは、間違いなくお釣りが来る成果であった。

◇◆◇◆◇◆◇◆

「うむ。よくやっているようだな」

凛もミューラも、順調に魔物を屠《ほふ》っている。

ひとまず周辺の掃討は順調、と言っていいだろう。

レミーアは、踏みつけていた魔物の頭を蹴り飛ばし、別の魔物にぶつけて転がした。

今しがた踏みつけていたのは、先程風の刃で無造作にはね飛ばした紅いオークの頭である。

後方のシャルロット一行を凛に任せ、飛び出したのは正解だった。

それによってここら一帯の魔物は加速度的に数を減らしている。

「さて……厄介な真似をしてくれる」

今すぐにでも領主の館に進みたいところだが、そうもいかない。

風の精霊の力で広範囲をざっと探ったところ、街のそこかしこに魔物がはびこっている。

街全体を探査できたわけではない。

おそらくだが……。

「この紫色の妙な結界。この内側には、魔物があふれかえっていると考えた方がいいな」

くさい臭いを元から断つのは絶対に必要だ。

ただし、既ににおってしまっているこの毒を取り除かなくていい、ということにはならない。

手の及ばないところで死んでいった人間たちの死体はそこかしこに転がっているのだ。

判断基準としては、魔物をいくら倒しても減った気がしない、もしくは都度補充されている。

それが分かった時点で、ジョバンニのところに向かうべきだろう。

ただし、もしも補充がないのならば。

「減らすことに、意味はあるからな」

そうつぶやきながら、そして思考を巡らせながらも、レミーアは手を止めていない。

紅のオークの頭を蹴り飛ばしてから、減らすことに意味がある、というひとまずの結論に至る間に、魔物を一〇匹以上屠《ほふ》っている。

かなり減っているので、もうそろそろ次の獲物を探す段階に移行させようと決意する。

そのためには、この近辺は一度一掃しておく必要があった。

「では、続きを始めよう」

レミーアは杖を地面に突き立てる。

石突きが刺さっているわけではないが、まるで刺さっているかのように地面に屹立《きつりつ》していた。

彼女の周囲を強風が巻き上がっている。

レミーアも風属性の魔術を使えるのだが、だからこそ精霊魔術による風の威力の違いには舌を巻いている。

今回は、それを存分に使うことにした。

と、いうのも、だ。

「リンもミューラもやってくれるな。私がやらぬわけにはいかないだろうが」

弟子二人の奮闘は、遠く離れたここでもよく伝わってきた。

それほどの魔力だったのだ。

師匠であるレミーアが、奮起しないと顔向けができない。

それほど離れているわけではないものの、まだまだ、譲るつもりはないのだ。

優れたる弟子を持つ師として、更なる高みを。

石畳の床を切り裂き引っぺがし、吹き飛ばすほどの風の奔流《ほんりゅう》。

彼女らに背を押され、レミーア自身が押し上げられていると感じる。

二人でなければ。そして太一がいなければ。

レミーアも、自分自身がこれほどに成長できるとは思えなかった。

既に、レミーアの周囲に巻き上がる風は、もはや竜巻と呼べるまでに育っていた。

これならばいいだろう。

後は……。

標的を定めるだけ。

「行け」

狙いについては、風の精霊の探査能力を借りて、広範囲まで知覚の手を伸ばしていく。

太一ほどの察知能力はないが、かつてのレミーアとは比較にならないほどの精度と範囲になった。

それを生かして敵を次々と探し当て、作り上げた竜巻から風の刃をどんどん飛ばす。

繰り返すこと、実に数分。

蓄えた竜巻のエネルギーがすっかりなくなって霧散したころには、かなりの範囲においていた敵を殲滅《せんめつ》。ぼちぼちと残ってはいるものの、発動前に比べてごっそりといなくなっていた。

これはもちろん、凛とミューラが担当している一帯は除いている。

そちらについては、二人に任せれば十分、レミーアが手を出す必要は全くなかった。

「……ふう」

そこそこ魔力を消費した。

これからは魔力の回復に努め、節約をしなければ。

と、術を撃つ時にそうできればいい、という理想は持っていた。

そう転べば御の字だった。

「やはり、残ったか」

だが、やはりというべきか。

物事はそうそううまくは運んでくれないものだ。

とはいえ、ある程度の人生経験を積んだ今、思い通りにならないことなどいくつも経験しているので、落胆はない。

くるりと振り返る。

そこには、レッドオーガの威容。
皮膚にはいくつもの切り傷がついている。
レミーアがある程度攻撃を割り振ったからだ。
だが五体満足。
まだまだ生命力に満ち満ちている。
気力も戦意も十分、戦闘力を削ぐには至らなかった模様。
だが、それはそれでいい。
「あの時のヤツではないが、借りを返させてもらおう」
足を踏み出したレッドオーガに、レミーアは正対して杖を構えた。
レッドオーガは怒りのうなり声をあげた。
小さな人間。
逃げるだけの人間。
餌の人間。
武器を持った者でさえそうだった。
だというのに、この小さな餌はなぜ怯《おび》えないのか。
恐れないのか。
腰を抜かさないのか。

無様を、晒《さら》さないのか。

自身が圧倒的強者であると本能で自覚するレッドオーガは、弱者が弱者らしくしないのが許せなかった。

「私が気に食わぬか」

レミーアは口の端をあげる。

意図しての挑発ではなく、思わずである。

大体のことを計算して行うレミーアだが、別にすべてがすべてそうではない。

戦闘においては特に、そこまで頻繁に計算することはない。

レミーアの高みにおいては、考える、などということが可能なスピード感ではないのだ。

それは思考能力を強化していてもそう。

積み重ねた人生経験が、ある程度本能が選んだこともベターにしてくれる。

「ごらぁ！」

レッドオーガが、近場に生えていた街路樹を引っこ抜き、投げつけてきた。

怒りに我を忘れたか、殴りかかるのですらなかった。

それほどの侮辱に感じたのだろう。

侮辱、という言葉を理解しているわけではなさそうだが。

飛来する樹木を眺めながら、レミーアは思い返す。

かつてレッドオーガと相対した時。

こちらが感じていた脅威をつぶさに感じ取ったのか、レッドオーガは余裕の態度を崩さなかった。

その感情は表に出さないようにしていたものの、「勝てない」という思いを見抜かれていたのだろう。

しかし今回は違う。

勝てない相手ではない——

レミーアが心の底からそう感じていることを、レッドオーガは正確に読み取ったのだろう。

樹木を風で受け止め、横に放り投げる。

ゴトリと大きな音が響いた。

巨大な木を難なくいなされたことでレッドオーガはついにしびれを切らしたようだ。

「ぐががが!!」

直接ひねりつぶそうとレミーアにつかみかかろうとしていた。

「最初からそうすればよいものを」

速い。

確かに速い。
だが、遅い。
「ふっ」
風の強化。
一言で表すなら、速度の異常強化。
太一を見て学んだことだ。
彼が風の力を生かしてスピードを劇的に上げて大きな武器にしていた。
速度だけなら、あのアルガティにも通用していたという。
レミーアもまた、それを素直に参考にして取り入れた。
風の一陣。
それが、レッドオーガの首筋を撫《な》でる。
レミーアはふわりと着地した。
先程まで立っていたところから、一足飛びで一〇〇メートル以上移動していた。
レッドオーガの丸太よりも太い、分厚い筋肉で覆われた首が八割以上裂ける。
「け？」
今わの際《きわ》の声はそれだった。
首から盛大に血を噴き出し、その巨体は地面に沈んだ。

「なかなかのものだ」

これまでと比較して、体感で三倍から四倍の速度アップというところか。

あくまでも瞬間的なものだが。

さらに、手にはやした風の刃の切れ味も、レッドオーガを一撃で死に至らしめるまでに鋭くすることも成功した。

精霊魔術。

これは無限の可能性がある。

いい収穫だった。

あとは、この力を発揮できる時間を増やすため、更なる鍛錬に励むのみ。

引き続き魔物の駆除を続けながら、レミーアは改めてそう決意するのだった。

◇◆◇◆◇◆◇◆

「……そうか」

腹心からの報告を聞いたジョバンニは、予想以上の被害に返事が遅れた。

この場合の被害とは、もちろん、魔物の損害。

損害が出ること自体は計画書に記載されていたことである。

用意した魔物が全滅することも、承知の上だった。

「我は囮《おとり》だ。今起きる全てのことは、織り込み済みだ」

腹心が出て行ったあと、誰もいない空間に、ジョバンニの独白が染みていく。

「だが、それにしても速すぎる」

そう、唯一の計算外は、魔物の損害が出る速度があまりにも速いことだった。

もっとてこずってもらえるはずだった。

何せ、あのレッドオーガに勝てたのは太一だけ。

落葉の魔術師とその弟子二人は、人類としてみれば最高峰の力を持っているが、あくまでも人類の枠組みの中。

そのはずだったのだ。

何年もかけて準備を重ね、これまでに得た情報から敵戦力を図って戦力を用意してきた。

召喚術師の少年については、予定通り火山に追いやった。

想定によれば、炎の大精霊の試練を受けている間は動けないはず。

よってしばらくは街にやって来ることはあるまい。

彼が帰ってくるまでの間に、エリスティイン魔法王国の王女シャルロットを、あわよくば落葉の魔術師と弟子二人の少女を亡き者にする予定だった。

「まさか、想定が甘かったとでもいうのか……？」

無数の魔物という主力部隊は既に投入している。

切り札は残っているとはいえ、状況は良くはない。

「しかし、もはや止められぬ……」

ジョバンニはここから動けない。

彼の足元に広がる陣。

一度発動してしまったら、ここに釘付けだ。

術式は出来る限り整えたが、完璧ではない。

いつどんな要因で綻《ほころ》びが出るか分からない。

それですぐに術式が止まったり暴走することはないが、数分も放置すると直すことすらできなくなるので、可能な限り速い修繕が必要だ。

何か不具合が出たら、即座にジョバンニが直す必要がある。

ジョバンニがこの部屋から出られないのは、そういった理由からだ。

「切り札も、早めに切ることも考えねばならんか……」

この駒の減り方からすると、それも必要だろう。

何も召喚術師一行とエリステイン魔法王国にダメージを与えるためだけに、この計画を行使して実行するわけではないのだ。

ジョバンニは囮《おとり》である。

囮であるからこそ、すぐに退場となっては意味がない。

できるだけ長くこの場所に立ち続けるにはどうしたらいいのか。

稼ぐ時間を確認する。

いつ切るか。

それが重要。

そのために必要なのは見極め。

そしてそれ以上に思い切り。

「——ふっ。ふはは」

技術の粋を集めた。

これほどの術式は、これまで血反吐《ちへど》を幾度となく吐くような厳しい研鑽《けんさん》を積んできたジョバンニをもってしてなお、記述するだけで一年近くを要した。

同じことをできる術者が一体何人いるだろうか。

最先端、最精鋭、最高峰の技術。

それを用いていてなお。

結局最後に求められたもっとも重要な要素は、技術でも、頭脳でもなく、度胸。

そんな状況に、ジョバンニは思わず笑ってしまったのである。

「よかろう。我が眼力と胆力。その目に焼き付けてくれるわ」

この状況に逆に肝が据わったジョバンニ。

必ずや華々しい成果をあげてやろうと、一人気勢を上げるのであった。

◇◆◇◆◇◆◇◆

「……」

ドナゴ火山山頂からだと紫色のドームに包まれていく様がはっきりと見えた。

おそらくはあのドームが、ロドラが言っていた策だろう。

ドームは一気に拡がり、ドナゴ火山の麓《ふもと》まで飲み込む大きさ。

だが、あの紫のドームに対して太一ができることはない。

太一は太一で、やることがあった。

「よそ見とは余裕じゃないか」

サラマンダーから放たれるのは火炎放射。

「ちっ！」

太一はそれを、同じく炎で迎撃した。

炎同士はぶつかり合い、わずかに押した。

「あっ、やべ！」
・・・・・押してしまった。
「失敗だな」

「あー、またかぁ」

太一は膝《ひざ》に手をついた。

これで一七回目の失敗である。

課せられた最初の試練は、サラマンダーが放つ様々な威力の炎を、押すことも押されることもなく一〇連続で相殺すること。

その試練に際し、火の魔法を扱う権利を、サラマンダーから臨時で貸し与えられている。

火山の火口にて生き延びるための術は変わらず行使しても構わないが、相殺のために使えるのは、貸与された火の魔法のみ。

つまるところ、精霊によるアシストがない状態で魔法をコントロールしてみせよ、ということだ。

一貫してシルフィたちからの助言はない。

この試練は太一がより強くなるためのもので、太一自身が強くなりたいと願っているからこその、いわゆる愛の鞭《むち》だ。

やることは自体は非常にシンプルな試練である。

ただ、シンプルだから簡単なわけではない。

いかに自分が、シルフィ、ミィ、ディーネに助けてもらっていたのか、それを改めて痛感している。

その助力を得られることも、太一の力だ。

ただその助力があることが当たり前だと思ってはいけない。

自分でもできるに越したことはないのだ。

こうして自分でやってみると、大精霊の調整力の高さと、ひるがえって太一の未熟さが大きく浮き彫りになっていた。

「どうした。試練はこれ一つではないが、そんなに楽しいか」

そんなわけはない。

ひねりのない煽《あお》りだが、返す言葉がなかった。

実に二〇回近くの失敗を積み上げている今では、何を言っても力などない。

「大事なことだ。特に、今のお前にとってはな。そうだろ？」

その通り。

大切なことだ。

だから、こうして挑み続けている。

つい先日。

太一は、自分の力のなさを思い知ったばかりだ。

かろうじて互角だった。

同条件なら、負けていた。

その差を詰めるにはどうするか。

こうした地道な修行こそが大切だろう。

これまでも魔力操作の鍛錬について、欠かしてきたことはない。

「けど、それじゃあ足りなかった……」

最大効率で完璧な鍛錬を積んでいたのなら、この試練に苦労することなどなかっただろう。

サラマンダーは手を替え品を替え様々な炎を様々な威力で撃つ。

直前には、大きな火球の塊ひとつを作らされたかと思えば、次は無数の小さな火の矢で、その次には三本の槍。かと思えば火炎放射。

これは直前に失敗した試練のメニュー。感覚のアジャストが出来なければ即失敗してしまうようなラインナップである。

同じことをしていてはまず相殺という土俵には立たせてくれない。

しかしそう時間はかけていられない。

この試験を早くクリアして、次の段階に進まなければならないのだから。

「心配するな。街の方はまだ手遅れじゃない。まだな」

「……」

まだ手遅れじゃない。

被害自体は出ているということだろう。

ならばきっと、凛たちも対応に当たっているはずだ。

それでも、被害をゼロにできないこと自体は仕方がない。

サラマンダーから「もうダメだ」と言われる前に、終わらせなければ。

◇◆◇◆◇◆◇◆

宿の周辺区画の掃討を終えた凛一行は、その勢いのまま場所を移動してさらに二区画で魔物の討伐を行った。

連戦に次ぐ連戦で疲労と消耗もそれなりに蓄積してきている。

何も考えずに移動してきたわけではない。

宿からロドラたちが拠点とする方向に向かって動いてきた。

二区画での魔物討伐は、移動方向的には多少の寄り道レベルである。

色々とあったのは事実だが、今は互いに味方だ。

まして今はパリストール全体を覆うように敵の策が発動している。

味方は多い方がいい。

その狙い通り、合流することができた。

「おう、無事だったか」

先陣を切っていたのはグラミ。

彼女が最大戦力なので当然の配置だろう。

その後ろにカシムが控え、ロドラは最後尾。彼を護衛する三名の騎士、といった編成だった。

「そっちも無事だったようね」

ミューラがそう言葉をかける。

無事でよかったとは思っている。

その分戦力が増えるからだ。

別に馴れ合うつもりはない。

今回の共闘程度で気を許して過去のことを水に流す、ということが実現するわけではない。

ただ、目が合った瞬間に斬りかかるほどの恨みを抱いているわけではない、というだけだ。

　別にそれでいい。

　レミーアも言っている——謝られたから必ず許さなければならない、というわけではないと。

「どうだ、そちらは。どの程度減らした？」

　行きがけの駄賃をどれだけ稼いできたのか。

　レミーアは端的にそう尋ねた。

「まあ、六〇匹ってところでしょうか」

　それに答えたのはロドラである。

　少人数で、ロドラには大きな戦闘力がないことを考えれば十分な成果だろう。

　むしろ、街のど真ん中でそんな数の魔物と遭遇することに改めて戦慄《せんりつ》を禁じ得ない。

「そちらはいかがでしたか？」

「うむ。リン、ミューラ、覚えているか？」

「覚えてないです」

「あたしも数えてません」

「そうだろうな。まあ、数え切れぬ、と言っておこう」

　全員で魔物を駆除した区画に移動し、いったん情報の共有を行う。

　ざっと話をしたところでは、ロドラ一行が移動したルートに現れたのは普通の魔物のみ。

　ゴブリン、コボルト、オーク、リザードマンをはじめとしてそれ以外にも。

　一般人には非常に脅威となるが、グラミにとってはどうということはない敵だ。

「なるほど……あの紅の魔物が現れたわけですか……」

　カシムは深刻そうな表情で腕を組んだ。

　紅の魔物が現れたことに脅威を覚えたのだ。

　当然だ。

　それに対抗できるのはグラミのみ。カシムで勝てるのはゴブリンやコボルトといったところが限界だろう。

「現れたのはてめぇらのところだけかよ」

　グラミはやや不満そうにそう言った。

　あれだけの強さを持つ魔物が現れず、戦いを楽しめなかったことを残念に感じたのだ。

　こんな時にも相変わらずだな、と凛とミューラは呆れると同時に、グラミだな、と妙な納得感を覚えた。

「なるほど……やはり、標的はあなたがたのようですね」

　状況を把握したロドラはそう推論をたてた。

確証はない。

だが、紅い魔物が現れたのは凛、ミューラ、レミーアのもとにのみ。

カシム、グラミ、ロドラは一切襲われなかった。

そのことを考えると、主力であろう紅い魔物がぶつけられたエリスティン魔法王国一行が標的であると考えるのは何もおかしくはない。

「現時点でのその推測をわたくしも支持します」

その上でどうするか。

共に行動するのか、それとも別行動をとるのか。

結論が出るのに、そう長い時間はかからなかった。

「やはり、我々は別行動を取って、手あたり次第に駆除に回ろうかと」

「承知しました。こちらが主力をひきつけることを考えると、それが良いでしょうね」

レッドオーガは、さすがのグラミも手に余る。

かつて戦った時よりは強くなっているものの、それでも精霊魔術を会得するレミーアにも追いついていない。

とすると、さすがに勝ち目はない。

勝ち目の薄い戦いに挑み続けるよりも、街に無数にいる魔物を減らしてもらえる方が被害を抑えられるだろう。

「では、ジグザグに動きながら大司教の屋敷から離れるように移動します」

「わたくしは大司教の館を目指します」

逆に移動することで、魔物討伐の効率を上げる作戦だ。

エリステイン魔法王国一行が大司教の館に向かって進むことで、魔物の圧はより強くなるだろう。

主力が押し寄せるということは、その分他に向かう魔物が少なくなるということ。

ただし全てを引き寄せることはできないので、その分を担当する者も必要なのだ。

「では、それで」

簡潔に話し合いを終える。

数分……五分にも満たない時間での情報交換。

だが、区画から出て広場に出た時。

目に入ってきたのは、別の場所から流れてきたと思われる魔物たちだった。

紅の魔物はいない。

いずれも通常の魔物のみ。

「まだいたんだ、しつこいな」

杖を突きだす凛。

複数のゴブリンの足元から、土の槍が突き出された。

「とっとと片付けるぞ」

レミーアもまた杖を振るう。

火球が数発。

近場の無人の建築物を爆砕し、破片と煙で視界と行動を阻害する。

直接的なダメージはないが、有効な戦法だった。

「これでいかがでしょう。『水砕弾』」

当たってから弾けて衝撃をまき散らす水の弾丸。

かなりの威力を期待できる魔術により、魔物どもの視界を奪っていた砂煙を吹き飛ばし、魔物を数匹仕留めた。

「おい」

「分かってるわ」

最後に敵陣に切り込むのは、ミューラとグラミの役目だ。

二人で魔物の群れのど真ん中に踏み込んで、刃が当たるを幸いに大暴れする。

紅の魔物がいない以上、この程度の敵ならば魔力も体力も、精神的にも消耗はほとんどないに等しい。

実際には消耗ゼロとはいかないが、無視できる範囲である。

それに、思い込みというのも馬鹿にできないもので、多少の消耗などないに等しいと感じることもあるのだ。

本当に一瞬だった。

これでも普通の騎士や冒険者では尻込みするほどの数がいたのだが、ここにいるのは精鋭ぞろい。

この程度の魔物を相手にひるむことなどない。

実力的にはもっとも劣るカシムでさえ、踏んできた場数が違うため肝の据わり方が尋常ではない。

それに、実力が劣るとはいっても比較対象が悪いだけであり、カシムもかなり強いと断言できる。

純粋な力比べでは常に相手が悪かっただけなのだ。

「ちっ、手ごたえねぇな」

「その方がいいでしょうが」

「何言ってんだ。つまんねぇだろうが」

「ったく……」

そんなやり取りをしながらミューラとグラミが戻ってくる。

周辺の魔物はほぼいなくなった。

群れるだけの知恵はあったのか、たまたま合流したのか。

後者の方が、探す手間が省けるのでありがたい。

「ではご武運を」

「ええ、そちらも街を頼みますよ」

その言葉を契機に別れる。

それぞれがすべきことを達するために。

## 第九十話　終わらぬ試練と事件

もう来てしまった。

ジョバンニは仕方がない、と笑った。

予想以上だったのは間違いない。

ただ少し上を行かれた、というレベルではない。

相当なものだった。

「ここが切り時だな」

本当は、やっとの思いで屋敷までたどり着いた敵に見せることで、絶望と戦意喪失を狙っていた。

当初の予定はそれだった。

だが、そうはならなかった。

やっとの思いを味わわせるどころか、破竹の勢いでの快進撃でますます勢いづかせてしまった。

ここまでの実力の持ち主だとは。

彼我の距離はまだそれなりにある。

だが、それはあくまでもジョバンニにとっての認識。

これだけの速度で接近してきた彼女たちに、ジョバンニの常識を当てはめて考えるのは愚策だろう。

ならば、ここが正念場としてとっておきを切るべきだ。

とっておきはとっておくものではない。

出し惜しんで間に合わずに負けた、というのは笑い話にもならないからだ。

「やむをえまいな」

ジョバンニは立ち位置を少し移動した。

陣の端から、ど真ん中に移動しただけだが。

起動のカギはここにある。

「我が最後の手を、とくと味わうがいい。これが正真正銘、最後の剣だ」

懐から短剣を取り出し、手のひらの真ん中に突き刺した。

突き刺したといっても、一センチ程度だが。

別に深さは関係ない。血が出ればいいのだから。

きちんと出血したことを確認し、しゃがんで手のひらを陣の真ん中に押し当てた。

陣が赤い光を帯びていく。

徐々にその光が強くなっていき、臨界を突破して部屋中を紅の閃光が染めた。

発動は一瞬。

陣に手を当てながら、無事にすべて発動したことを確認した。

この陣もオペレーションなしで動くわけではないので、細かい調整を行いながら発動した。

もっと時間があれば微調整なしでできたのだが、今となっては些細《ささい》なことだ。

「うむ……問題はないな」

切り札の投入は成功した。

これが打ち破られたら、もはやジョバンニに打てる手はない。

だが、成功している。

「では、最後の勝負と行こうか」

覚悟は決まっている。

これを叩きつけて、反撃ののろしとするのだ。

ジョバンニは陣の中で、決死の表情を浮かべていた。

◇◆◇◆◇◆◇◆

かなり魔物の数は減ってきた。

ジグザグに動きながらも、向かう方向はジョバンニの屋敷。

街の魔物を削りながらの行軍。

ただまっすぐ進んでは、数が減らせない。

急ぐこと自体は悪くはないのだ。

早急な事態解決を狙うことが悪いはずがない。

ただ、それによって被害が出ることを、この場にいる誰も良しとはしなかった。

「見えてきましたね」

ようやく見えてきた本丸に、シャルロットが万感のため息をついた。

「ああ、だいぶ近づいたな」

ジョバンニの屋敷を眺めながら、レミーアはひとつ息を吐いた。

魔物と戦いながらの進行なので、当然時間はかかった。

だがそれに見合った戦果はあったと胸を張っていいだろう。

大通りを行った先に、領主の館の屋根が見え始めていた。

現在位置とジョバンニの屋敷はそこそこの距離があるわけなのだが、さすがにこの街でも有数の巨大建築物なので、遠くからでも十分に目立つ。

ただ、ここまで来ればもう目と鼻の先と言っていいだろう。

これまでどれだけ寄り道をしたかを考えれば、この後の道程にこれまでと同じ密度の戦闘があったとしても、正直あっという間である。

「はい、師匠」

ミューラはうなずく。

ここにたどり着けば解決する、かもしれない。

少なくとも何かしらの手掛かりがあることは間違いないだろう。

もっとも、ジョバンニが起こしていること自体は分かっているので、手がかりどころか解決の直接的な糸口になることはほぼほぼ間違いないと踏んでいる。

「もう少しで、この街の危機を取り除けそうです」

戦う前は楽観的だが、戦いが始まってしまえば現実的な考え方をすることが多い凛。命の奪い合いではないにせよ、真剣に技を競い合う世界にいた彼女は、戦況の判断はかなり辛口だ。

その凛が勝ちが見えている、というのはかなり大胆であるといえる。

「うむ。まあ……」

「そうですね。このままいけば、ですが」

「うん、このまま終わるかって言われると……」

勝ちが見えているのも間違いなさそうだが、かといってすんなり何もなく終わるとも思えない。

ジョバンニと会って話しているため多少は人となりが予想できる。

もちろん常日頃から付き合いがあるわけではないので性格を深く正確に理解しているわけではないが、会ったことがあるのとないのとではずいぶんと違う。

会った第一印象は、抜け目がなく堅そうな人物。

さて、そんな第一印象を与える人間が、されるがままで居続ける。

そんなわけは、ないだろう。

「何かしらの手があるのは間違いなかろうな」

「はい。あたしもそう思います」

「この状況を変えようとするはずですね」

ここまで追い詰めたが、油断しているはずがなかった。

自分ならば絶対にもう一手用意しておく。

これで負けたら、出し切ったと納得できるだけの手を。

速攻ができない戦いを敵に強いたのだ。

それを用意して投入する準備時間はいくらでもあったはず。

もしもそれがあるのなら――

「おそらくは、今かと」

「そうね。あたしもそう思うわ」

この状況を把握していないはずがない。

把握できないような者が、このようないやらしい作戦を組んで実行などできるだろうか。

「お前たちの予想は当たったな」

突如発生した大きな魔力。

これまでとははっきり言って桁《けた》が違う。

レッドオーガなど比較にもならない。数倍は存在感が違う。

凛たちがいる場所は大通り。

その大通りに、合計四つの気配ができた。

否。

四つの気配があった。

どこかからやってきたわけではない。

産まれたり、創り出されたわけでもない。

気付いたら、そこにいたのだ。

その巨大な存在感。

隠してもいない気配、それもこの大きさなのだから、気付かないなどありえない。

だが、現実にそこにいる。
幻などではない。
きちんと実体があった。
ドラゴンなどが眼前にいるかのような威圧感。
耐性のない人間が我慢できるものではない。
凛たちはその威圧を浴びるどころか実際に戦ったこともあり、耐える耐えない、という
レベルは既に脱してた。
「なるほど、キメラか」
色々な見覚えがあった。
つい先日、北の海でのことだ。
肌を刺す威圧感から察するに、その時に戦ったキメラと同格かやや強いくらいだろう。
それならば。
「またか、って感じですね」
「キメラが敵の主力なんでしょうか」
レミーアはもちろん、凛もミューラも狼狽《ろうばい》はしていない。
既に一度経験し、戦ったことがあるという経験は、自分が思う以上の冷静さをもたらし
ていた。

これが、恐らくはジョバンニの最後の手。

勝負を決めるための、切り札。

「では、これを叩き潰して、引導を渡してやるとしよう」

逆に言えば、これを倒し切れば、恐らくジョバンニの手元には何も残るまい。

この期に及んで出し惜しみする理由などないからだ。

もしもしているのだとしたら、戦況をまったく読めていないことになる。

ここはすべてのリソースを注ぎ込んで、最大限の抵抗をすべきだ。

「そうですね。……四匹かぁ」

「一人一匹、とはいかないわね」

さすがに一対一以外の経験はない。乱戦になるだろうか。

それは少々厄介かもしれない。

この力を使わなければ抗しえない敵との戦闘経験はまだまだ少ない。

それに加えて、今は守るべき者がいるのだ。

戦いの勝手は相当に違うといえるだろう。

さすがはジョバンニの奥の手。

ここまでは順調に来たものの、今からはかなり難しい戦いを強いられることになりそうだ。

「わ、わたくしが一体、引き受けましょうか？」

その時だ。後方から声がかけられたのは。

確認するまでもない。

その声の主はシャルロット。

まさかの人物からの声だった。

◇◆◇◆◇◆◇◆

「姫様……」

凛の後ろでアルセナが心配そうな声を出した。

その声色から、思わず出てしまったものだろう。

シャルロットの言葉は、一体は確実に引き受けられる、というものだった。

「……できるのだな？」

レミーアはシャルロットに視線を向けずにそう言った。

こちらに浴びせかけられる四体からの威圧。

それに対抗するために、下手に攻撃を仕掛けられないために、凛、ミューラ、レミーアの三人で威圧しかえしているのだ。

精霊魔術師になる前であれば、何の抑止にもならなかっただろうが、今ならばレッドオーガよりも強い敵にも威圧が通用した。

「はい、可能です。一体だけ、ですが」

おそらく、その根拠は時空魔法だろう。

シャルロットが使えるユニーク魔法。

これまで、それをついぞ見たことはなかった。

それを今回は披露し、キメラを一体倒すというのだ。

魔力量と魔力強度は、レミーアたちと大体変わらない。

人類としては最高峰に位置するが、彼女は戦う術は修めてはいない。

とはいえ、他者を攻撃する術がないわけではない、ということだろう。

時空魔法は非常に特殊なもの。

他の魔法とはその特性が全く違う。

よって、攻撃魔法の威力も全くの未知数だ。

「そうか。では、頼む」

「分かりました。……テスラン、ティルメア」

「はっ。心得ておりますれば」

「御身はお任せくださいませ」

「ええ、頼みますよ」

これだけの威圧を感じているというのに、シャルロットは気丈に自身の足だけでしっかりと立った。

これまではティルメアとテスランに支えられていたのだ。

シャルロットは楚々《そそ》としたたたずまいで立ったまま、ティルメアから受け取った携帯用の杖を手に、目を閉じて詠唱を始めた。

この杖はシャルロットの魔力にひたすらなじむように作られた彼女専用の杖である。見た目とともに、実用性も追求されている。

「気を抜くな、二人とも」

「はい」

「分かってます」

一方、凛もミューラもレミーアも、警戒をずっと続けている。

膠着《こうちゃく》状態。

キメラどもは今にも飛び掛かってきそうだった。

だが、こちら側の方が個々の実力は上回っているからか、キメラどもは軽率にはかかってこない。

その慎重さは厄介だ。もっと考えなしに動いてほしいと、普段ならそう思ったことだろう。

慎重なモンスターを相手にするのはデメリットだが、今回ばかりはそれがプラスに働いている。

「行きます。『次元断層』」

詠唱はそう間を置かずに終わった。

シャルロットは、手に持った杖を、一体のキメラに向けた。

予兆はなかった。

魔力の拡散もなかった。

何かしらの波長も、なかった。

ただ、突然だった。

いっさいの前触れもなく。

空間が悲鳴を上げてひび割れて。

一体のキメラを通過するように、斜めの線が描かれた。

白く光る線が空中に一本。

やがてその線は唐突に消え去った。

「……くっ」

かなり消耗したのか、シャルロットがふらつき、それをティルメアとアルセナがそっと受け止めた。

いったいどんな魔法を放ったのか。

その光景と時空魔法という単語から想像ができているのは、凜だけだった。

ずるり、とキメラが分断されて斜めにずり落ちる。

まるで切れ味の鋭い刃で肉を切断したよりもなお、綺麗な切れ口。

細胞のひとつすらつぶれず。

表現する言葉が見当たらないほどに綺麗な断面だった。

斬られたキメラは、悲鳴なども上げる間もなく崩れ落ちる。

「何が……？」

さすがに予想外の結末。

困惑の声をあげたのはミューラ。

その隣のレミーアさえも驚愕を隠せない。

「空間を、斬った、んだと思います」

確証はない。

ただ、凜が知る知識からは、その結論以外は導き出されなかった。

「空間を斬った？」

「はい。別の次元……いわゆる世界と世界の境目を斬ってしまう、と言えばいいんでしょ

うか。斬る対象の硬さとか強さとかを一切無視して切り裂いてしまうので、相手がどんなに強かろうが一切関係がないんです」

「……！」

「そいつはまた……」

とんでもない初見殺しである。

防ぐ手段がないのだから。

ただし、そこには明確な弱点があることも理解した。

「確かにとんでもないものだが、戦闘経験を積んだ者には通用せんだろうな」

そう、結局はそこだ。

知らなかったとしても、何かしらの攻撃が自分に向けられた、となれば、回避行動をとるだろう。

何かは分からずとも攻撃だと察して避ける者を相手に、戦闘訓練を積んでいないシャルロットがきちんと攻撃を当てられるかと訊かれればどうか。

結論を言えば、不可能とは言わないが非常に難しい、という答えになるだろう。

「確かに……避けられるか否かなら、避けられますね」

「リンはどうだ？」

「避けられると思います」

そういうことだ。

レミーアはもちろん。凛もミューラも、伊達《だて》に厳しい戦闘を乗り越えてきていない。

初見で『次元断層』を向けられたところで、無防備に被弾したりしないだろう。

シャルロットが発動する魔法に予兆はなかったが、杖を向ける動作には隙が多数あった。

直接は見ていないが、キメラどもを威圧するために研ぎ澄ました感覚が、シャルロットの動作もつぶさに感じ取っていた。

「キメラに通じたのは……」

「初見であったのと、私たちが威圧していたからだろうな」

納得だ。

確かに自分たちが全力でにらんでいることで、膠着《こうちゃく》状態が生まれていたのだ。

凛は今も、目をそらしたら胴体に風穴を空ける――そんなつもりでキメラをにらみつけている。

おそらくはその威圧が動きを封じていたのだろう。

闇雲に動かれては困るのだ。

後ろにいるシャルロットたちを守らなければいけないのだ。

個々の実力で凛たちが上回っていても、事はそう単純には運ばないほど難しい状況だ。

いや、違う。

状況だった。

四体が三体になった。

仕掛けるなら、ここだ。

「さあ、行くぞ」

師匠の言葉を受けて一番に準備を完了させたのはミューラだった。

さすがにレミーアの意図をくみ取るのは一番早い。

レミーアは中衛の位置を取ろうと動く。

ならば凛は。

(ここから援護射撃!)

杖を振りかざし、魔力を練り、込めて、発動。

精霊魔術の冷気の渦が頭上に出来上がるまでは一瞬だった。

地球上でもっとも寒い場所、南極の最低気温をイメージした。

普通の人間では、呼吸するだけで死に至るような極低温だ。もちろんそれだけではない。渦の風速は自身の魔術も加えてかなり速度を上げているし、渦には鋭利な氷の礫《つぶて》を無数に混ぜている。

非常に殺傷能力の高い攻撃。

まずはこの一撃で様子を見る。

相手は人間ではなくキメラだ。

どこまでダメージが通るだろうか。

シャルロットが一撃で一頭を倒してくれたことでわずかながらアドバンテージが増えた。

これを生かさない手はない。

ミューラとレミーアを追いかけるように、凛はこの魔術を放つのだった。

◇◆◇◆◇◆◇◆

キメラの種類は三体とも違う。

虎の胴を持つキメラは、頭が虎と熊になっており、背中には蝙蝠《こうもり》の翼を持っている。ただし違うのは、毛皮の色が青であることだ。そして虎の特徴である縞模様は紫色になっており、ツンとする臭いの液体が今も滴っている。

象の胴体のキメラは、頭は胴の通り象であるが頭の横にあるはずの耳はなくなっており、代わりにとがった硬質の棘《とげ》が全身にびっしりと生えている。鼻と尾の先は岩のようになっている。

最後の一体は熊のキメラ。これは以前太一が出会ったというキメラの特徴に酷似している。赤黒く、背中からは山羊が生え、尾はサソリになっており、左右の前腕の後ろからさらに腕が生えている。

三頭ともに共通しているのは、どれもが元になっている動物よりも三回りは巨体であることか。

どのキメラもかなりの強さを誇っていることは分かっている。

どのくらい強いのかは、既に戦って体感していた。

「さて、あまり近くで戦われるのも面白くない。少し距離を取ってもらうぞ」

気にすべきは戦闘の余波。

レッドオーガを軽く上回る程に強いのがキメラだ。

かつては太一のみが戦えた強さの敵。

この領域になると、周辺への余波が少し笑えないことになる。

後ろにいる面々を巻き込むのは確実。

となれば。

レミーアはぐっと力を溜めて、それを前に向けて放った。

凛が放った氷の魔術がいい具合に牽制《けんせい》になっており、レミーアは一切邪魔されずに済んだ。

ミューラを追い越してキメラどもに到達した風の魔術だが、ダメージを与えた様子はない。

攻撃を意図していないので当然の話だ。

ただし、目的は達成することができた。

キメラ三体が数十メートル後ずさった。

十分、とは言い難いが、先程の距離に比べたらだいぶ楽だ。

師匠の行動を理解できない凛とミューラではない。

レミーアが放った魔術によってキメラどもが後ろに押された瞬間に、ミューラが速度をさらに上げて接敵していた。

せっかく距離を離したのに、また近寄られては意味がない。

ミューラは相手からの注目を集めるために最初から全力だ。

(出し惜しみなんて、しない！)

ペース配分はほぼ考えていない。

もう一度戦闘ができるくらいに残れば、ここで大部分を使ってもいい、とさえ思っていた。

「はあああああっ!!」

象のキメラに全力で斬りかかる。

ミューラの斬撃を鼻で受け止めたキメラ。

金属同士だが甲高い音ではなく、巨大質量同士が激しく衝突した時の音だった。

キメラは象をもとにしているだけあって大質量であることに違和感はないが、ミューラは細身の少女。

だというのにそれだけの大きな音が出るのは、膂力《りょりょく》と速度で質量をまかない切ったということだ。

右手にはいつもの剣。

ただし、同じなのはガワだけだ。

精霊魔術で強化したミューラの膂力に、ただのミスリルの剣では耐えられなかったのだ。

ミスリルも、言ってみれば金属なのでミドガルズの強化の対象だった。

長年を共にした愛剣はは、ミューラのパワーアップにも耐えられる強度と硬度を誇る剣に様変わり。

もちろん、精霊魔術で強化した時に限るが。

数段飛ばしで強力になった身体強化と剣。

この二つの要素でもって、魔術剣と同等かそれ以上の効果を得られるようになった。

ミューラは感覚を最大限研ぎ澄ませて、三体のキメラのど真ん中で華麗に踊ってみせている。

反撃まではできていないが、全ての攻撃をかわすだけならギリギリ一人でも可能、というところか。

「ほう、やるな」

有効打こそ与えられていないものの、一人で三体を足止めしているミューラを見て、その成長が感じ取れる。

北の海でのスリリングな戦闘を経て、より肝が据わったようだ。

とはいえ、当然このままではもたないので援護が必要だ。

「私たちも負けてられません」

「そうさな。殿《しんがり》は任せるぞ」

「はい」

レミーアもまたキメラに向かっていった。

二人を適切に援護するため、凛はキメラどもをじっくり観察する。

ミューラの肝の据わり方が尋常ではない。

精霊魔術のおかげで強化の度合いは格段に上がっている。それはパワーやスピードだけではなく、防御力もだ。

そうであっても、キメラの攻撃はまともには受けられない。間違って攻撃をもらえばそれがイコール致命傷になるだろう。

だというのに、危なげなく三体をさばいている。

「ううん、これまでとあんまり変わらないかな」

ミューラがこれまで戦ってきた敵の攻撃だって、当たれば危ない攻撃はいくらでもあった。

ただその領域が上がっただけの話。

唯一変わったことといえば、操る力がこれまでとは変わり、完全には習熟していないことか。

もっとも、それはミューラだけの話ではないが。

「私も、なんだよ……」

右手で銃をつくり、それをキメラの一体に向けた。

狙いを定めて。

隙を探って。

様子を見て。

「……ねっ！」

ここ、というタイミングで発射。

発射された氷の弾丸は一瞬で熊のキメラに着弾。

その四本の腕のうち一本を吹き飛ばした。

それを太一が見ていたら、アンチマテリアルライフルと言っただろう。

アンチマテリアルライフルを思い浮かべて使った魔術ではないので、偶然だ。

熊のキメラは、自身の腕を吹き飛ばされたことに叫び声をあげ、次いで誰がやったのかを探し、凛に視線を向けた。

が、一瞬だけだ。

もっとも遠い位置にいる凛に気を取られるわけにはいかなかったのだろう。

ミューラとレミーアから視線を外す危険性を理解できる程度の知能はあったということだ。

主に回避盾、としてタンクとアタッカーを務めるミューラだが、攻撃力が足りていないわけではない。

キメラどものいずれも、ミューラの攻撃をさばくのに失敗すれば小さくないダメージを負う。

ミューラ一人ではできなかった反撃も、今はレミーアと凛の援護のおかげで狙えるようになっている。

「さて、次……っと！」

遠くから空気を切り裂いて何かが飛来する音を捉えた。

凛はその対象物を凍らせて落下させた。

落ちたものを見ると、象の身体に生えている棘《とげ》だった。

どうやらこれで狙撃してきたらしい。

熊の腕を落としたことに対する反撃か、もしくは牽制《けんせい》か。

どちらにせよ。

「この一発じゃあね」

無数に間断なく撃ってくるのならばまだしも、たった一発では凛を止められない。

象のキメラが何を目的にしたかは分からないが、牽制どころか攻撃の催促にしかならなかった。

ならば、望み通り嫌がらせをしてやろうではないか。

戦闘態勢ということで全身に魔力をみなぎらせているため、その余波で凛の周囲には冷気が漂っている。

それを手のひらに集めていく。

凝固。

圧縮。

一点集中。

十分に集めたところで、それを握りしめてなじませる。

かすかに手を緩めると、指の隙間から青白い魔力が輝いた。

「これでどう？」

手に持ったテニスボールをそっと投げ渡すように、右斜め下から左斜め上に腕を振り上げる。

ピンポン玉ほどの青白い球が、その腕の振りには見合わない高速で飛んでいく。

行く先はもちろん、攻撃を誘ってきた象のキメラだ。

象のキメラは、凛の攻撃を察知して見事に回避した。

しかし。

虎のキメラは避けられなかった。

直撃こそ避けたものの、左の後ろ脚に当たった。

そこから、すさまじい勢いで氷の華が咲いた。

直径一〇メートルにもなる巨大な華だ。

その華は完成した瞬間に砕け散った。

そう、巻き込んだ虎のキメラの左後ろ脚もろとも。

「うん、狙い通り」

いわゆる低温脆性《ぜいせい》を生かしたものだ。

液体窒素につけた花が砕ける様を見たことがある。

それをイメージし、凍結粉砕を引き起こしたわけである。

一瞬で粉砕するまでに冷やすことができたのは、液体窒素の物理現象ではなく、氷の精霊アヴァランティナの力を借りた魔術だからである。

虎のキメラの戦闘力を大幅に奪うことに成功した。

キメラという魔物なので、動物の常識などは通用しない。

しかしベースの部分が虎である以上、後ろ脚を一本失った影響は大きいはずだ。

直径一〇メートルの氷の華を作り出す魔術なので、あわよくば象のキメラ、熊のキメラも巻き込むつもりだったが、その二頭には逃げられてしまった。

とはいえ、ミューラとレミーアに時間を作り出すことができたのは大きな副産物だ。

(こうしてみると、ずいぶんと余裕が出てきたなぁ)

やはり精霊魔術を使いこなせるように絶え間ない努力を繰り返してきたことと、実戦で使用した経験が増えてきたからだろう。

最初の頃ならば、これほどの余裕は間違いなくできなかった。

凛やミューラもちろん、レミーアとて例外ではない。

「さて、次は……っ」

凛は息を呑んだ。

キメラが何かをもくろんで行動に移したから、ではない。

発生源はレミーアだ。

彼女の周囲に、信じられないほどに強烈な魔力が立ち上っていたからだ。

凛の魔術に触発でもされたのか。

その理由はなんでもいいが、この瞬間に少なくとも二つのことが起きていた。

一つ目は、キメラ三体の注目を集めたこと。

一切隠されていない強烈な魔力は、他者を容赦なく威圧していた。

そしてもう一つ、レミーアの魔力によって、ミューラの前には隙だらけのキメラが三体用意されたことだ。

「よそ見は良くないわ」

ミューラが狙ったのは虎のキメラ。

後ろ脚を失って機動力が大幅に落ちた個体から仕留めようということだろう。

その剣筋は首を狙っていた。

首をはねてしまおうという魂胆だ。

さすがのキメラといえど、首を飛ばされて生きていることなどできないのだから。

だがそこは、一対一でもある程度の戦いができるキメラだ。

レミーアにヘイトを向けていたとしても、横から現れた殺気に反応しないわけにはいかなかった。

「やるわね」

結論から言えば、ミューラの剣も回避された。

ただ、無傷で逃がしたわけではなかったが。
ミューラの剣は、虎のキメラが持つ蝙蝠《こうもり》の羽を片方吹き飛ばした。
片方とはいえ後ろ脚を奪い、翼まで喪失させた。
戦闘力はかなり減ったことだろう。
羽を失ってバランスも崩している。
つまりは——的だ。
「逃がさんぞ」
エルフの少女が考えていたことは、当然レミーアも考えていた。
ミューラが気付くことに、レミーアが気付かないわけがない。
レミーアの周囲に、収まりきらずに吹き荒れている風。
そこから一点集中。
そういう意味では、凛が放った氷の華と同様の性質を持っていた。
ただし、その効果は当然ながらまったく違う。
レミーアが放ったのは、回転する風の槍だった。
馬上槍を連想させるような槍が高速で飛翔し、虎のキメラを穿《うが》った。
直径五〇センチ以上の風穴が空いている。
致命傷だ。

凛の布石を手がかりに、ミューラとレミーアの連携。

ミューラが牽制《けんせい》の役割を果たしてバランスを崩させ、レミーアがとどめを刺す隙を作った。

後方から一部始終を見ていた凛が一言でまとめるとこんなところである。

もっともそれにつながったのはその前に凛の攻撃が動きを鈍らせていたからだ。

ともあれ、言葉にすればシンプルだが、やっていることは高度の極みだ。

そもそも凛たちが戦っている次元が、既に人間を辞めている。

「二体になったら、だいぶ楽になるね」

三体いたからこそ先程の膠着《こうちゃく》状態だったことは間違いない。

それが二体になったならば。

火を見るより明らか。

ミューラの動きはますます良くなった。

三体相手でも回避に徹すれば十分にこなせていたというのに、攻撃の密度が低くなればどうなるか。

論ずるまでもないだろう。

凛とレミーアの援護がなくとも、ミューラは時折ではあるが攻撃を行えるようになっていた。

ミューラの攻撃は、キメラどもにとっても危険なもの。
やすやすと斬らせてはくれない。
その合間を縫って、凜とレミーアが魔術で牽制《けんせい》を続けたら果たしてどうなるか。
より攻撃が当たりやすくなり、よりよけやすくなり、より弱らせやすくなる。
「はっ！」
ミューラの剣が、熊のキメラの胸部に深々と突き刺さった。
どうやら動物の時と同じくそこが急所だったらしい。
せっかく改造できるのだから、急所の位置も変えればよかったのに、と凜は思う。
そうしなかったのか、できなかったのか。
まあ、どちらでもいいだろう。
ミューラが剣を引き抜いて後ずさる。
熊のキメラの目から光が消え、地面を揺らしながら地面に沈んだ。
こうなれば残り一体のみだ。
三体でも、面倒で苦労はしたものの、苦戦をしたという印象はない。
一体になってしまえば、もう決着はついたも同然である。
「最後！」
凜が上空に向けた指を振り下ろす。

超速で落下したのは、長さ五メートルにもなる氷柱である。

それは象のキメラの背中をど真ん中から突き破り、地面に縫い付けてしまった。

キメラの身体で相当失速してなお、地面に深々と突き刺さるほどの威力。

派手で隙の多い攻撃だったが、ミューラとレミーアの攻撃にさらされていた象の魔物に、凛の攻撃の回避に割けるリソースは残っていなかった。

もっとも大きな音を立てて、象のキメラも倒れた。

都合三体。

怪獣と形容しても差し支えない異形の化け物が地面に沈んでいる。

その光景は、キメラという異常な戦闘力を持つ化け物を知らない者には強烈な印象を与えるとともに。

凛たちがそんな化け物を圧倒してしまうだけの強さを持ち、太一と同じように呼ばれるようになったことを証明するものでもあった。

◇◆◇◆◇◆◇◆

大通りに横たわるキメラの死体を、凛、ミューラ、レミーアの三人で協力して燃やす。

三人とも火の精霊とは契約していないので通常の魔術である。

戦っている時は通用しなかったが、こうして倒した後ならば燃やすこともできた。

それを確信してやったわけではなく、できるかもしれない、と試しにやってみたら燃やすことができたので処理することにしたわけだが。

「お疲れさまでした」

シャルロットが後方からやってきて三人にねぎらいの言葉をかけた。

巻き込まれないように、という凛、ミューラ、レミーアの配慮を無下にできず離れたところに待機していた。

すべてのキメラが倒れたことを確認した上でこちらに近づいてきたのだろう。

火が上がっている三体の死体を眺めている。

その炎はあまりにも巨大で、どれだけの化け物がそこにいて猛威を振るわんとしていたのかを、死体になってもなお強烈に主張していた。

シャルロットは安堵《あんど》のため息をついた。

正直生きた心地がしなかった。

一頭はシャルロットが仕留めたが、それで打ち止めだ。

一方、凛たちはそれを三頭も引き受けて、怪我《けが》をするどころか大きな消耗もしていない。

シャルロットは獲物の注意を引いてもらった上で、一発だけ魔法を放って力尽きた。

そこに大きな差があった。

シャルロットの魔法は、対象物の耐久力、防御力というもの一切合切を無視するだろう。

（『次元断層』だもんね）

空間ごと斬れるのだ。どれだけ防御を固めようと一切無視されてしまうのではないだろうか。

原理を詳しく説明しろ、と言われても凛には無理だが。

「あ」

凛はシャルロットがやってきた方向を見る。

そこには、真っ二つに切り裂かれて倒れ伏すキメラの残骸。

あれも、燃やさなければ。

火の球を手のひらに生み出し、手首のスナップで放る。

キメラの死骸が凛の魔術によって燃え上がる。

動物の死骸ならともかく、キメラは人間の手で作られたものの結果。放置しておくと何が起きるか分かったものではない。

もちろん動物の死骸とて、放っておけば不衛生なので処理が必要だが。

「処理が終わったら、領主の館に向かいましょう」

シャルロットが今後の方針を告げる。

方針というと大げさだろうか。

彼女の言いたいことは正確に理解できた。

おそらくは、今倒したキメラは敵の奥の手。

これを全て退けた以上、残る魔物の討伐よりも、本丸に乗り込んで根本的解決を優先する。

もしも補充がなされる術式だったら、この事態を長引かせれば長引かせるほど被害が広がるのだ。

そして何より、キメラのおかわりはごめんだ。

時間が経てば、切り札第二弾が出てこないと、一体誰が責任をもって断言できるのか。

「そうだな。そろそろ、よかろうな」

レミーアの言葉に、凛もミューラもうなずく。

いい加減好き放題やられているのもうんざりしていたところだ。

そろそろ、反撃に出てもいい頃だろう。

実際には敵の主力をなぎ倒して進み続けたことで十分に反撃を行っているのだが、凛たちの認識における反撃は、直接対決だ。

「では、参りましょう」

シャルロットを先頭にジョバンニの館に向かっていく。

当然だが、彼女の横にはテスランが控えており、いかなる狼藉《ろうぜき》もその身体で阻む構えだ。

そしてシャルロットとアルセナを守護するのは凛、ミューラ、レミーアの三人だ。

一見無防備に見えるシャルロット、しかし実のところその守りは完璧、ということだ。

やがてジョバンニの館が見えてきた。

「……感じるな」

魔術的な要素ではない。

しかし、肌に感じる小さな違和感が、この館が中心地だと告げていた。

そして、目で見える情報でも、その判断を下すには十分だった。

何せこれだけ街が地獄と化しているのに、ジョバンニの館だけは平穏なのだ。

いっさいの騒ぎは起きていない。

おそらくパリストールを覆っているだろう結界の紫色に染まっていることを除けば、以前平時に訪れた時と全く変わっていない。

先日は存在した門番も今はいない。

目に見える範囲に、ジョバンニの館で動いている人間は一人も見えない。

あれだけ人がいたというのに。

テスランから接触してみるよう命令を受けた騎士が一人、閉ざされている門に向かって歩いていく。

アクションを起こして反応を見るためだ。

門番がいないので仕方がない。

「待ってください」

立派な構えの門に手で直接触れようとした騎士に凛が声をかけ、止めた。

「何か？」

なぜ止められたのか。

不思議そうに振り返る騎士に答えたのはミューラだった。

「……見ていて」

ミューラは足元に落ちていた小指の爪ほどの小石を拾い上げると、門に向かって軽く放った。

バチッ――

紫電が走り、小石が撃ち落とされた。

その際、館の敷地を覆うドームが可視化された。

「侵入者を拒む防犯装置か。まあ、あって当然よな」

じっくりと観察すれば視認できる程度のものだが、角度によっては目で捉えることは出来ないだろう。

魔力の感知は、実際に結界が作動しなければ不可能だ。

そのくらいには認識しにくい結界だった。

門に近づいた騎士は不運にも目で見ることはできない位置にいたわけだ。

「……なるほど」

騎士は慌てず騒がず、ゆっくりと数歩下がって距離を取った。

「助かった、礼を言う」

「いえ」

助けられた騎士はそれ以上手を出そうとしなかった。

自分ではどうにかできそうにない。

勘でしかなかったが、騎士はそう判断したようだ。

騎士として、出来ないことを出来ないと素直に告げることは恥ではない。自分の判断ひとつひとつに、多数の人間の命が天秤で量られているのだ。

すぐに自身の保身に走るような俗物の騎士が、シャルロットの護衛に選ばれるわけがない。

「なるほど……確かにこのくらいはしていて当然ですな」

テスランはむしろ納得の表情でうなずいた。

街を盛大に巻き込むほどの策を実行する敵だ。

防御機構のひとつやふたつは用意していて当たり前だろう。

「助かりましたぞ。直接触れるなど迂闊《うかつ》なことを」

救われた騎士に何も言えることはない。

その通りだからだ。

直接触れるなど、確かに迂闊だと言われても仕方がない。

「どれ」

レミーアが炎の槍を生み出し、結界にぶつけてみた。

確かに『フレイムランス』は炸裂した。

しかし結界にはヒビひとつ入らなかった。炎の槍から分解された魔力が、結界の表面を通って進んでいく。

「なるほど、強度はきちんとあるようだ」

仮にも二つ名を持つ魔術師……として確固とした実力を誇るレミーアの魔術を問題なく防げるだけの結界など、そう簡単には用意できない。

この結界は一級品であろう。

「リン、やってみろ」

「分かりました」

凛は一歩前に歩み出ると、杖の先を結界に向ける。

魔力が高まり、杖の先がバチバチと発電する。

今や奥の手ではなくなった、かつての奥の手。

『電磁加速砲』

撃ちだされるのと、着弾は同時。

音速の数倍にもなる弾丸なのだ、それも当たり前である。

当然ながらその威力も折り紙付きで、一点への破壊力では世界でも有数のものがあるのだが。

「うん、ダメでしたね」

結果は同じ。

レミーアの『フレイムランス』の時と同じく、炸裂はきちんとしたものの、魔術に込められた魔力が結界の表面を走査するように進んでいった。

つまり、結界は健在というわけだ。

「精霊魔術でも当ててみようかしら」

その光景を見ていたミューラは、顎《あご》に手を当てて考える。

何を意図しているのかといえば、いわゆる飽和攻撃である。

結界では受け止めきれない魔力の奔流《ほんりゅう》をぶつけて耐久力を上回る、ということだ。

単純だがもっとも効果的であろう。

これが精霊魔術を持っていなければ、術式に干渉して結界を破壊する、という方法も検討したところだが。

「力押しだね、ミューラ」

「ええ。まず試すとしたらそれでしょ？」

凛とミューラの会話を聞いていたレミーアは、弟子の提案に乗る。

「そうだな。力押しとはすばらしい戦術だ」

そう。

策を弄《ろう》するというのは、力だけでは負ける可能性が高い時に選択することだ。

力で押すというのは、相手の策ごと力でねじ伏せること。

つまり彼我の実力差が開いていないと選びえない選択肢。

力の差が大きいのはいいことだ。その分、命の危険が少ないわけだから。

「じゃあ、やってみる？」

「お待ちください」

さっそく精霊魔術を用意し始めた三人に待ったをかけたのはシャルロットだった。

「なんだ？」

「わたくしにもお手伝いさせてください」

「む？」

シャルロットが言うには、先程放った『次元断層』を、極小範囲に発動させれば、結界に穴を開けられるのではないか、ということだった。

穴が開いているのならば破壊するのは難しくはない。

結界というのは元来、塞がっているからこそ効果がある。どんな結界でも、ひびが入ったり欠けたりしたところを攻撃されると、それまでの頑強さ、堅固さが嘘《うそ》のように砕け散ったりするものだ。

「なるほど、試してみる価値はあるか」

空間ごと切り裂く魔法ともなれば、結界も切り裂ける可能性はあった。

『次元断層』の魔力まで吸収されてしまうようであれば、改めて精霊魔術を撃ってみればいいわけだが。

「消耗は大丈夫ですか？」

「極小範囲であれば、それほど問題はございません」

「それならいいんですが、無理はしないでくださいね」

「お気遣いありがとうございます」

先程は魔法を使った後にふらついていた。

かなり消耗したのだろう。

しかしシャルロットが大丈夫だというのなら、それ以上凛も言うことはないので引き下がる。

子どもではないのだ。

過度な心配をする必要はないだろう。

「では、やります。『次元断層』」

シャルロットは指先を門に向けて魔法を行使する。

制御は非常に緻密。

宣言通り、人差し指にも満たない長さで、次元が、空間が斬れた。

やはり魔術のように防がれなかった。

時空間に直接作用する時空魔法は、普通の魔術とは原理や仕組みなど色々と違うのだろう。

後日シャルロットは、今回の魔法について説明した。色々と話は長くなるので要約すると「結界の手前の空間から結界を通るようにした」とのこと。

直接でも問題はなかったろうが、念には念を入れたのだという。

今はそれを説明する時間も余裕もない。

「穴が空きました」

チャンスだ。

それを逃したりはしない。

まずは凛が。

続いてミューラが。

最後にレミーアが。

順番に精霊魔術を撃つ手はずになっていた。

シャルロットの魔法が失敗するとは思っていなかった。

彼女が必ずほころびを作り出すと信じていた。

そして効果は劇的だった。

パリィン、とガラスが景気よく割れる時のような音が響き、屋敷を覆っていた結界が粉砕された。

凛の精霊魔術のおかげなのか、シャルロットが叩き込んだ楔《くさび》のおかげなのか。

今やそれは分からない。

そして、今になってはどうでもよかった。

結界が砕かれ、領主の屋敷、その敷地内に入ることができたのだから。

屋敷の中、そして周辺には人の姿も気配もない。

遠目から確認した通りだった。

「うむ。では行くとしよう」

レミーアは全員を見るように振り返る。

「ここから先は別行動だ。ぞろぞろと全員を連れて歩くわけにもいかないからな」

凛たち三人の視線を受けたシャルロットは、理解したとひとつうなずいた。

「ここからは彼女たちのみ向かってもらいます。私たちでは足手まといですからね。そのかわり、みなには退路を確保していてもらいます。よろしいですね?」

「承知いたしました、殿下。委細、我々にお任せくださいますよう……」

「ええ、お願いしますね」

騎士たちが各々の作業に移行し始めたのと、凛たちが館に侵入したのはほぼ同時だった。

貴族や領主の屋敷は、部屋の配置は基本的に似通うことが多い。

もちろん屋敷によって細部や間取りは当然違うのだが、法則性は存在するものだ。

よって、館の主の部屋を探すのは特に難しくはない。

ただ、今回に限っては部屋の特徴などを考える必要はなかった。

「寄り道をする必要がないのは助かるな」

「精霊魔術には感謝してもしきれません」

「部屋を手当たり次第に探すのは嫌です」

館の中にいる人間は二人だけ。

これは、レミーアの探知によって屋敷の中にいる生命を探したからだ。

もちろん小動物や虫まで探しても意味はないので、人間大の存在を対象にしている。

太一がやっている空気を使った探査の真似事だ。

もちろん防ごうと思えば防ぐ手立てがないわけではない。完璧な探知手段など存在しないのだから。

これの優れているところは、空気を完全に遮断するのは非常に難しいところと、探知されていることを察知するのが非常に難しい。

これに加えて、ミューラの土属性に有効な探知を実施している。

さらに今回は凛も探知に参加した。

アヴァランティナの手を借り、温度を察知した。仕組みは違うがサーモグラフィに似たような効果があるものだ。

その三人の探知した結果が一致しており、場所は既に判明している。

「ここですね」

到着したのは屋敷の奥の扉。

「じゃあ、開けます」

「うむ」

凛が開けた。

罠《わな》があってもいいように、いろいろな防御を施したうえでだが。

扉の先の部屋は執務室であった。

遠慮なくずかずかと踏み込んでみたものの、何も罠はなかった。

そこまでする必要はなかったのか、あるいは罠を用意する余裕はなかったのか。

「ここですね」

「ああ」

ジョバンニは、どうやらこの執務室からつながる隠し部屋にいるようだ。

術式とギミックによって製作された隠し部屋のようだが、精霊の力による探知の前には無意味である。

「じゃあ、開けます」

「頼んだ」

ミューラが隠し扉から三メートル離れた場所に立ち、足で床を軽くトン、と叩いた。

抜き身の剣を構えながらなので、足での精霊魔術発動。

隠し扉のギミックも術式も、刻まれているのは石の壁。

ミューラの探査が効いたのも、この館が基本石造りだったからだ。

よって、ギミックと術式が刻まれた石そのものが風化崩壊してしまえば、作動も発動もなかった。

ぼろぼろと崩れて落ちていく隠し扉を見て、ジョバンニがわずかに驚いていた。

「ほう、貴様のような鉄面皮でも、驚きを表面に出すことはあるのだな」

レミーアは、彼の表情を見て愉快そうに腕を組んだ。

ジョバンニと、初老の男。

初老の男は、隠し扉が崩れた瞬間に短剣を懐から抜いて素早くジョバンニの前に出た。

執事兼護衛といったところか。

「人間なのでな、驚くこともある。しかし、たどり着くのが早かったな」

「そうだろう。種も仕掛けもあるぞ」

レミーアがからかうように言うが、ジョバンニは表情を動かさない。

少し心が落ち着くとこれだ。

反応がないのではいくら言っても無駄だ。

捕らえて情報を引き出すつもりだが、どこまで話すか。

何一つ口を開かないこともありえる。

意外に拷問《ごうもん》には耐えきれずに吐くこともあるかもしれないが、あまりに低い可能性だろう。

「つまらん」

レミーアはそう息を吐いた。

問答をする気がないのならば、それはそれで構わなかった。

「残念だったな。この術式には、我が陣の中に立っていることが肝要だ」

話もそこそこに、手っ取り早く捕縛して陣を破壊してしまう手はずだった。

それを実行しようとした三人の機先を制し、ジョバンニが両手を広げる。

ジョバンニの足元にある赤と紫を混ぜたようなまがまがしい色の陣は、ぼんやりとその光を周囲にまき散らしていた。

「この陣から我が出る、もしくは陣に不用意に手を出す、このいずれかが為された場合、暴走するようになっている」

間一髪だった。

あと少し聞くのが遅かったら、魔術を放っていた。

暴走——最悪それも已む無しではある。ただそう思えるのは、周りに巻き込むものがない時だけだ。

街全体を覆うような結界を構築する陣だ。暴走すると結界の中全てを爆発で吹き飛ばす、という仕組みだった場合、被害があまりにも大きすぎる。

凛たちが手を止めたことでかすかに口の端を上げたジョバンニからすれば、彼も攻撃はされたくなかったようだが。

それでも、手を止めさせられたことは事実だ。

あと一歩。

喉元まで、刃が届きかけたところなのだが。

「くく。さあ、どうするね」

ジョバンニ側も追い詰められてはいるのだろう。

ここをどう切り抜けるか。

一見膠着《こうちゃく》状態に陥ったようにみえる。

しかしすぐそこまできっかけが近づいていることに、この場にいる誰もが気付いていないのだった。

◇◆◇◆◇◆◇◆

時はしばし遡《さかのぼ》る――

「……できたぁ！」

太一はどかりと座り込もうとして、地面が高温であることを思い出して踏みとどまった。

肉体的な疲労は大したことはない。

しかし精神的な疲労が大きかった。

これまでできなかったことに挑戦。

それはかなりの負担があった。

同時に、これまでどれだけシルフィたちの力に頼り切りだったかを太一に突きつける結果になった。

精霊のアシストなしではどれだけ調整が未熟なのか、それを思い知ったわけだ。

今回の訓練で、改めてそれを肌で実感したことは、太一にとって大きな糧になった。

魔力の操作能力は、決して凛やミューラには劣っていない。

それは間違いない。レミーアも太鼓判を押している。

しかし、その魔力を実際に魔法として使用する場合の習熟度は、凛たちの方が上だろう。

細かいところを肩替わりしてもらっていた、となればそれも当然の帰結である。

「おう、少しはマシになったじゃないか」

サラマンダーは腕を組んで太一を見下ろしている。

確かに、彼女が課した試練を乗り越える前と比べれば、かなり変化したといえるだろう。

実際に腕前が劇的に上がったわけではない。

しかし、心構えが大きく変化した。

任せきりではいけない。

自分でも魔法をきちんと扱う、という心構えが必要だ。

イメージさえ明確にできれば精霊たちがそれを正確に再現してくれていた。

それだけではいけない、ということだ。

「ああ……マシになったと思うよ。何が足りないのかが一つ分かったからさ」

「そいつは重畳だ。一つはオレが答えを教えてやった」

サラマンダーは火口からマグマを噴き出させる。

紅い髪をなびかせ、炎の化身たる美女は溶岩の柱に腰掛けた。

「この後用意している試練からでもいい。自分で足りないものを探してみろ。分からなければオレたちに聞いてもいいぞ。精霊と契約して終わりだなんて、召喚術師の可能性をそれで終わらせるな」

「……そうだな」

その通りだ。

契約して終わり。

これまでの太一は、サラマンダーが言う通りそうなってしまっていた。

自己鍛錬していない、サボっていたのか。

そう問われれば、胸を張ってＮＯと言える。

魔力の操作などの基礎は常にやってきた。

努力をしていないわけではない。

この世界に来て一年以上経過してなお、この努力が楽しいのだ。

地球では存在しなかった魔力を操り、超人のような動きができることが。

そして今では魔法を操り、幼い頃に夢想したアニメの魔法使いに近いことができていることが。

面倒くさがりの太一にしては珍しいことだった。

それでも。

（要は、工夫がない、ってことなんだろうな）

力をそのまま右から左に流していても成長しない。

自分の中できちんと噛《か》み砕き加工する工程がなかった。

そこをとがめられた。

仮面の男にいずれ負けると思わされたあの日。

太一に工夫する力があったらどんな感想に変わっていただろうか。

現状を容赦なく突き付けられた形だが、太一は心が沈んだりしていない。

むしろ高揚している。

高みへ登るための階段の探し方を教わったのだ。

高揚しないわけがない。

「よし。じゃあ二つ目の試練と行くか」

「分かった」

望むところだ。

この高まった気持ちのまま、次の試練に臨みたい。

そんな太一の心意気を受け取ったのかは定かではないが、ともかく次のステップへと進むようだ。

サラマンダーが街に目を向ける。

「もう少ししたら、お前の仲間が領主の館にたどり着くぞ」

「そうなのか」

「ああ。今は三体のキメラと戦ってるところだ」

「キメラが三体？　奮発したな、おい」

太一も戦ったので、その生体兵器の強さは良く分かっている。

あれだけの強さの魔物を生み出すのに、どれだけのコストが必要なのか。

安いはずがない、というのだけは分かる。

相当なリソースを注ぎ込んでいるはずだ。

それを三体も用意したのだから、敵側の本気度が伝わるというものだ。

「戦いぶりを見る限り、負ける心配はなさそうだけどな」

「初めて戦うわけでもなし、負けることはないだろうな」

「言い切れるか」

「ああ。多少苦戦するかもしれないけど、あくまで多少だな」

「戦いぶりを見る限りはそんな感じだ。慎重に戦ってるから時間がかかってるに過ぎないな」

「そんなとこだと思ったよ」

凛もミューラもレミーアも、精霊魔術師になって劇的に強くなった。

そして日を追うごとに自分に与えられた力を使いこなせるようになっていっている。

当たり前の話だが、北の海でおっかなびっくり使っていた精霊魔術と、あれから鍛錬と習熟を重ねた今の精霊魔術の質が同じなわけがない。

「人間の枠はもうとっくに超えちまってるな」

「ああ、だろうな」

常識の枠に収まっている人類最強クラスが、スミェーラやグラミといったところだろう。

グラミが実際に武器を振るうところを見たのは一度だけだが、精霊魔術を使えない凛やミューラでは勝てなさそうな強さだったのは間違いない。

それでもスミェーラ将軍に及ぶかと言われれば否。レミーアと比較しても間違いなく格下だが。

その辺りの領域を、一足飛びどころではない歩幅で飛び越えたのが今だ。

「だが、あの三人じゃあ、事件の解決にあと一手足りない」

「……」

なるほど、つまり。

「その最後の一手は、俺が詰めろってことか」

「そういうことだ」

「ここから動かずに？」

「ああ」

「きついな」

「そうだろう？」

きつくなければ試練にならない。

簡単にできることをやっても意味はないし、乗り越えたという言葉は使えない。

サラマンダーはそう言っていた。

なるほど、その不可能を今から可能にするというわけだ。

「次の試練を伝えるぞ」

「ああ」

指先を、パリストールの中心部に向ける。

「狙撃だ。ここから狙いを定めて術式に楔《くさび》を打ち込み、ジョバンニという男の行動を殺さず制限しろ」

「……やべ」

難易度が高い。

素直にそう思った。

「シルフィード、ノーミード、ウンディーネ全員から力を借りるんだ。もちろん、オレの力も使ってな。それが出来たら、第二の試練も合格とする」

「……」

サラマンダーは不敵に笑う。姉御のような硬派な笑みだった。

「今のお前なら必ずできるぞ、全員の特性をつかんで生かせばな」

「できるか？」

「できるさ。できないことを課しても意味はないからな。オレだって意地悪してるわけじゃない」

不可能を可能にする。

耳に心地いい言葉。

しかし、いつでもその言葉の通りになる程、現実は甘くはない。

できることを精一杯やっていくしかないのだ。

サラマンダーの二つ目の試練は、太一ならばできることだという。

ならば。

太一自身に確証はないが、確信を持っているサラマンダーのことは信じてもいいだろう。

火口付近でちょうどいい場所を探す。

そう、館を見やすいと思う場所だ。

正直山頂なので街側に立てばどこでも見下ろせるのだが、そこは気分の問題である。

召喚魔法を使う上で大事なのはイメージなのだ。

目まぐるしく変わる接近戦ならまだしも、今は超長距離の狙撃である。

どこが撃ちやすいのか。

それを探すのは必要な工程だ。

自分の趣味で良さそうな場所を見つけ、太一は岩を二つ、地面から引っ張り出す。膝《ひざ》つき用と、肘《ひじ》を置く用の岩だ。

そこらにある岩はこれでもかというくらいに熱せられているので、それに触るのはためらわれたのだ。

「よし」

ミィに作ってもらったものなので触れても問題ない温度になっている。

この環境にいつまでも置いておけば普通はこれも熱くはなるが、太一は熱気を完全に遮断している。

地面からの熱も、自分で手を加えたものならば遮るのは難しいことではなかった。

本番の射撃では、その岩を使って腕を固定する。

さて、まずは弾丸の製作と試射だ。

土の魔術で銃弾のガワを、水を螺旋《らせん》状にまとわせて貫通力を上げる。火を炸薬の代わりとして、風で弾道が変わらないように調整。

これでどうだろうか。

太一は適当な標的を見つけると、右手を銃の形にして撃ち出した。

そこそこの距離がないとテストの意味がないので、視力を強化して麓《ふもと》の樹木を狙った。

銃声。

そして、着弾。

山風にも負けずに狙った木に命中。

そこそこ立派な木だったが、それを軽く貫いて地面に突き刺さった。

「こんなもんか」

威力は申し分ない。

狙いがずれても、魔力による操作である程度のカバーも効く。

条件は術式を止めること。その際術者ジョバンニを殺さないこと。

それを成すには、どこを狙うかを明確に定める必要がある。

太一は視力を強化して領主の館を見つめた。

パリストールでもっとも大きな館を見ればいいので、そこで迷うことはなかった。

ただしここからが問題である。

当たり前だが、ジョバンニが館の外にいるわけでもない。

「こりゃあ館の中だよな。当たり前か」

サラマンダーは黙ったままだ。

太一も返事を期待していたわけではないので構わないが。

「シルフィ、ミィ、探れるか？」

太一は三人を顕現させた。ここにはサラマンダーしかいないので、念話を使う意味もない。

「やろうか？」

「探るよ？」

「ああ、手を貸してくれ」

ここでも、彼女たちに探ってもらってその結果を教えてもらう……というういつもの方法は使わなかった。

シルフィとミィの探知を使えばほぼ盤石……なのだが。

「あ……ウンディーネの力でも探知できるんじゃないか」

これまで意識してこなかったが、できないことはないだろう。

シルフィとミィの探知性能は既に理解している。

太一が思いついたのは、水による探知だ。

水というのは、どこにでも存在する。

空気中にも。そう、水分として。

湿気だ。

「ええ、できますね」

ウンディーネは肯定した。

水分に触れているものを察する。

「さすがに全てを把握しようとはしていませんよ」

それはシルフィやミィと同じである。

特定の条件に絞ってやるのだ。

そうでないと、入ってくる情報が多すぎるからだ。

それこそ、エレメンタルであっても情報処理が追いつかないほどに。

できるのならば話は早い。

「そりゃそうだよな。よし、じゃあやってみるか。探知対象はパリストールの領主の館。目標はジョバンニの居場所と術式の位置」

まずはもっとも馴染みのある風の魔法による探知。シンプルに、もっとも触れてきた属性の魔法だからだ。

数をこなせばこなすだけ習熟していくのはいうまでもないこと。

太一の手で空気をたどっていく。

「……ぐっ」

空気に触れる石や木の感触。そこにある絵画や鎧《よろい》の感触など。探っているのは領主の館の中だけだというのに、すさまじい情報量だ。

これを調整してもらっているのだと、太一は改めて理解した。

とはいえ、自分で使ってみるというのは決めていたので、最後までやるつもりである。

「……いた」

しばらく屋敷を探索し、執務室の奥にある隠し部屋にジョバンニを見つけた。

ついでに陣も発見することができた。

ジョバンニは陣の真ん中に立っていたのだ。

赤紫の毒々しい色の陣の中に立って何かをしていた。

風の魔法でやったことと同じように、土の魔法や水の魔法でも同様に探査を行う。

結論からいえばどちらも成功した。

土の魔法では、石造りの屋敷であったことで、土や金属、石から得る情報で。

水の魔法では、空中に浮かぶ水分を介した情報で。

それぞれ見つけることができたのだが、強い頭痛に襲われてしまった。

あまりに入ってくる情報が多すぎて、頭をフル稼働させたからだ。

それ以外にも、シルフィ、ミィ、ディーネの知見を借りながらだが、陣の構成を確認して要《かなめ》も探した。

おかげでどこを撃てばいいかまでは判明したのだが、その代償としての頭痛であった。

「いててて……」

「ほんの少しくらいなら休んでも大丈夫だろ」

「そうだな……ちょっとだけな」

状況は理解している。

太一が探知した限りで、領主の館近辺で何が起きているかも同時に分かった。

今まさに、凛たちが領主の館の前にたどり着かんとしていたところだ。

これならば入ってくる情報はほとんど変わらないので、じきに頭痛もおさまるだろう。

「よし、今のうちに弾だけ作っておくか」

先程試射した弾で十分。

場合によっては一発だけでいけるだろう。

一発ではうまくいかない可能性も考えて三発用意はしたが。

ともあれ、頭痛が治るまではこのままだ。

手を止めているからと言って何もしていないわけではない。

この瞬間もずっと監視は続けている。

現在は隠し部屋と執務室だけを探りながら、それ以外の情報をシャットアウトしている。

頭痛がある程度おさまってきた頃、凛、ミューラ、レミーアが執務室にたどり着いた。

「頃合いだ。やれ」

「わかった」

サラマンダーに促され、まだ残っている頭痛を横にうっちゃって、まずはざっくりと指先を領主の館に向ける。

先程の試射と比較すると距離は数倍にもなる。

距離が増えれば難易度も上がる。

視力をいくら強化しても、標的の視認はできない。

石造りの部屋の中にいるのだから当然だ。

なので、探知で得た情報をもとに正確に撃ち抜く必要があった。

ほんの少しのずれがあるだけで、着弾地点は相当ずれる。

弾丸の動きを風である程度操作して狙いを補正することはできるが、それに最初から頼りたくはない。

どちらかといえば、外的要因でのずれを直すのに使いたい。

最初からずれている狙いの補正をしながら、風などにも対処、というのは非常に骨が折れる。

「それに、撃った感じ相当速いからな、この弾丸」

これまでの経験から、太一が操れる魔法の中でも最上位に近いだけの速度を誇る。

なので距離はあるものの、補正に使える時間は思っている以上に少なかった。

ただでさえ目視できない標的を撃つのだから、かける手間はなくせるだけなくしたい。

今しがた腰かけていた岩に肘《ひじ》を置き、固定する。少しでも手ぶれしないようにするためだ。

膝《ひざ》をついて身体がなるべく動かないようにもする。

視力を強化して、狙いを領主の館の一部分、執務室の隣に設置されている隠し部屋があるであろう場所に定めた。

「……」

汗が滲む。

火山の熱は断たれているのに。

太一の周囲の空気は快適だ。春先くらいの気温になっている。

額に汗が滲んできているのも分かる。

太一にとって一ミリのずれが、目標地点から見れば「明後日の方向に飛んで行った」ということになってしまうだろう。

そうならないためにも狙いの調整には細心の注意が必要だ。

風、土、水の探知を合わせて、壁の向こうまで視線を通した。

実際に見えているわけではない。三つの情報を掛け合わせ、あたかもその部屋を見ているようにしているだけだ。

「むっず……」

壁の向こうに魔法を通すのは難しいことではなかった。

魔法を使う上で困ったことはほとんどなかったのだ。

それはシルフィたちが調整してくれていたからだ。

つまるところ、人任せだったということ。

もちろん太一が努力していなかったわけではない。

ただ、この視点での訓練はしてこなかった。

いい機会だ。自分で調整していくことでできることが増えるのだ。

じわり、と玉の汗が流れる。目に入りそうになるが、動けない。

せっかく合わせた照準と、高めた集中を乱したくなかった。

そうしている間に、凛、ミューラ、レミーアが隠し部屋に突入した。

実際にかかった時間は数分とないのだが、まるで数十分経過したかのように感じる。

今ではない。

どこか、隙が必要だ。

ジョバンニの動きが完全に止まった時。

今も別に動いているわけではないのだが、彼の気分一つで姿勢を変えるだけで外れる可能性が出てくる。

これは動かないだろう、というタイミングまで待つのが大切だ。

そう分かっていても焦れてしまう。

引き金を引かないように自制するのが大変だった。

踏み込んだ凛たちとジョバンニが会話をしている。

シルフィが声を届けてくれるが、会話の内容までは入ってこない。

ただ、この一言だけが聞こえた。

さあ、どうするね――

ここだ。

直感で理解した。これはお互い止まる、と。

「行け」

状況が再び動き出す前に、太一は最後の照準合わせを行い、引き金を引いた。

かつて動画で聞いた銃声に似た音が火山の山頂に響き渡る。

太一が、この魔法をライフルの狙撃に見立てたからだ。

イメージに合わせた効果が出る。

召喚魔法の前提の通りだったというだけである。

弾丸はあっという間に飛び去って行く。

「くっ……」

山風の影響を微妙に調整する、神経をすり減らす時間が続く。

五秒と経たずに、弾丸は領主の館の壁に到達した。

ここを邪魔されずに貫通するために、水の魔法による貫通力補正が必要だった。

いわゆるウォータージェットを元にアレンジしたものだ。

厳密に突き詰めれば当然同様のものではないが、そこはそれ。魔法なので他人が思う以上に融通が効くのである。

壁を一瞬で撃ち抜き、弾丸は、ジョバンニの足元にある陣の要《かなめ》となる部分を石畳の床ごと撃ち抜いた。

術式が急激に力を失い、活性状態から非活性状態に移っていくのが目に見えて分かる。

赤紫色の光が消えていく。

続いて、紫色の結界も。

「次」

ジョバンニが驚いている次の瞬間には、太一は二発目を装填《そうてん》し、彼自身に弾丸の先を向けて放っていた。

狙うは彼の足。

これで、動きを奪う。

時間など与えるつもりはない。

一発撃って多少勝手が分かったからか、二発目の弾速は一発目よりもさらに上だ。

狙いあやまたず、太一が放った弾丸はジョバンニの右足、膝《ひざ》から下を吹き飛ばした。

それを見ていた凛、ミューラ、レミーアの動きは速かった。

ミューラが執事の男を剣の峰で殴り飛ばして壁に強打させ、凛がジョバンニの両手首に重い石の枷《かせ》をつけて動きを阻害、さらにレミーアが風の刃を無数に空中に作って牽制《けんせい》。

ジョバンニも執事の男も気を失うほどではなかったが、その盤石の攻めには反撃の一手が打てない。

大勢は、決した。

太一は膝《ひざ》をついていた岩に座り込んだ。

相当集中した。

これ以上はないくらいに。

右手首をつかんでいた左手は、これ以上ないくらいに汗でぬれていた。

また、顔も服も汗だくである。

三分にも満たない時間だったのだが、それでこのありさま。

人生でも五本の指に入る、というくらいには集中したのではなかろうか。

「よくやったな」

事の成り行きを見守っていたサラマンダーが、満足げにうなずいている。

「どうよ……合格だろ、これなら」

「そうだな。ま、最初にしちゃあ及第点ってところか」

「ちょっと厳しくね……？」

「甘い採点がいいならそうしてやるぜ？」

「……いや、このまま頼む」

それでは意味がない。

実力が足りないから、サラマンダーの力を求めてここまで来た。

実力が足りないところに、サラマンダーが課す試練はレベルアップにうってつけ。

なのに難易度を下げてもらっては意味がない。

楽をして強くなれる……そんな甘い話があるのなら、今頃仮面の男に劣るだの劣らないだので悩んでいなかったに違いない。

「そうこなくちゃな。少し休んだら次の試練をやるぞ。あんまり時間はないと思えよ」

サラマンダーがくい、と顎《あご》を動かす。

つられて彼女の視線を追うと。

「なんだ、ありゃ……」

遠い空の色が紫に変わっている。先程は見渡す限り青空だったのに。

その方向にあるのは聖都ギルグラッド。

パリストールの数倍の規模を持つ大都市が、パリストールと同じような紫色のドームに覆われていた。

「つまり、ここは囮《おとり》だった……？」

確証はない、確信もない。

ただ、状況から考えれば、そうとしか思えない。

パリストールにて対処をさせているうちに、ギルグラッドで事を成す。

それこそが敵の目的。本命のために派手な囮を用意する。

戦術としての基本だった。

「だから言ったろ、あんまり時間はない、ってな」

「試練の中断は？」

「なしだ。お前には、引き続きここから支援するのみに回ってもらう」

「それで解決できるのかよ」

問題はそこだ。

「それは心配するな。シェイド様から、ある程度事情は聞いているからな」

納得した。

それと同時に、手のひらでコロコロと転がされるという感情を強く味わった。

「はっ……シェイド様に抗うなど土台無理な話だ。お前も、アルガティも、もちろんオレもな」

それはそうだろう。

この世界の管理者に、この世界の恩恵に与るだけの住人がかなうわけがない。

理屈では分かっている。無闇に逆らうつもりもない。

勝てない相手に逆らうほど馬鹿ではないつもりだ。

ただ、連れてこられた、というところで感情が追い付いていないだけで。

そんな太一の様子を見て、サラマンダーは面白そうに笑ったのだった。

◇◆◇◆◇◆◇◆

石が砕ける音が、隠し部屋に響いた。
「な、なんだ、何が起きている⁉」
ジョバンニが驚き、左右を見る。
赤紫の陣が、急激に輝きを失っているのだ。
床の一面に指三本分ほどの穴が穿《うが》たれている。
それが陣を破壊したのだろう。
続いて。
「ガッ⁉」
ジョバンニの右足の膝《ひざ》から下が吹き飛んだ。
撒《ま》き散らされる血。
立ち込める鉄錆《てつさび》の臭い。
しかし、好機だった。
ミューラが飛び出し、執事の男を剣で殴り飛ばす。
刃の部分を使わなかったのは慈悲ではない。事情を吐かせるには捕らえる必要があったからだ。

同時に、凜がジョバンニの両手首を重い石の枷《かせ》で拘束《こうそく》した。動くことはできるが、相当な膂力《りょりょく》を必要とする。

右足を失ったジョバンニでは無理難題もいいところだろう。

執事の男とジョバンニが状況を把握した時には、隠し部屋の中にこれでもかと浮かぶ可視化された風の刃。

風の刃なので見えないようにすることもできるのだが、今回はあえて可視化して牽制《けんせい》している。

「……ここまでか」

激痛をこらえているためか顔に脂汗を浮かばせながらも、ジョバンニは平静な声色でそうこぼした。

吹き飛んだ右足。両手につけられた枷。効果を消し飛ばされた陣。

それは、ジョバンニをあきらめさせるのには十分な要素だった。

「潔いな。こちらも楽でいい」

「……」

舌でも噛《か》んで死なれるのは困るので、ミューラが布をジョバンニに噛ませた。

これだけのことをしでかしたので容赦なかったが、ジョバンニは抵抗しなかった。

執事の男はまだ起死回生を狙っている様子。

その忠誠心は見上げたものだが、目障りなのでレミーアが気絶させた。

「よし、これでいいな」

ひと段落というところだ。

膠着《こうちゃく》状態から、支援攻撃によって一気に片が付いた。

「さっきのは……」

凛は床についた二つの弾痕を見つめていた。

そう、弾痕だ。

洋画などでよく見たものだが、実際に見るとかなり似ている。

床に刻まれた穴の角度から壁を見ると、そこにも二つの穴が。

「多分、太一だよ」

凛が杖で壁にこつんと触れる。

すると、石造りの壁が崩れ去り、外が見えるようになった。

陣が効力をなくしたことで紫の結界も消えたのか、青空が見えていた。

取り戻された青空の先にあるのはドナゴ火山。

「なるほどな。あそこからここを撃ったわけか」

「あそこから……」

レミーアは納得したようにうなずいているが、ミューラは絶句してしまった。

どれだけ距離があるというのか。

山頂はわずかにぼんやりと見えるのみ。

あの場所から、ここをピンポイントで二発撃ち抜いた。

簡単な言葉。簡単ではない行い。

「タイチだから、と片付けるには少々な。私も気持ちはわかるぞ、ミューラ」

ここにいる三人の誰にもできはしないだろう。

太一ならば簡単なのか。

……簡単ではあるまい。

簡単ではないと言いながらも、できない、とは断言できないのが太一が太一たる所以《ゆえん》か。

「精霊魔術が使えても、さすがにこの距離での狙撃は……届かせることさえできるかどうか」

凛はそう言って首を左右に振る。

精霊魔術だからといって、遠距離になっても威力が減衰しない、ということはない。

太一の文字通りに桁《けた》外れな魔力で、桁外れな力を持つエレメンタルの力を借りて放つ魔法だから、これだけの距離があっても届くのだろう。

「まあ、我々は我々にできることをやっていくしかないな」

上を見上げることが悪いとは言わない。

だが、見上げ続けて首が痛くなるよりは、まず見えている山を一つ登れるようになるのが大事だ。

「ん？」

ふと、凛は違和感を覚えた。空の一部が紫色に染まっているのだ。

戻ったはずなのだ、青空に。

なぜ再び紫色が見えているのか。

凛は壁の穴から身体を乗り出し、左右を見渡した。

「……え？」

自分の目に映ったものを、凛はすぐには信じられなかった。

そう、はるか遠い空。

聖都ギルグラッドがある方向。

その上空が紫色に染まっていた。

原因は一目瞭然。

そこに、見覚えがある紫色のドームができていたからだった。


〈『異世界チート魔術師15』へつづく〉

ヒーロー文庫

# 異《い》世《せ》界《かい》チート魔術師《マジシャン》 14

内田《うちだ》 健《たける》


2021年3月10日　第1刷発行

発行者　前田起也

発行所　株式会社　主婦の友インフォス
〒101-0052 東京都千代田区神田小川町 3-3
電話／03-6273-7850（編集）

発売元　株式会社　主婦の友社
〒141-0021
東京都品川区上大崎 3-1-1 目黒セントラルスクエア
電話／03-5280-7551（販売）

印刷所　大日本印刷株式会社





ISBN 978-4-07-447942-9